prise de parole

Éditions Prise de parole
205-109, rue Elm
Sudbury (Ontario)
Canada P3C 1T4
www.prisedeparole.ca

Nous remercions le gouvernement du Canada, le Conseil des arts du Canada, le Conseil des arts de l'Ontario et la Ville du Grand Sudbury de leur appui financier.

La création de cette œuvre a pu se réaliser grâce à l'aide financière du programme Création littéraire du Conseil des arts de l'Ontario.

Canadä

ONTARIO ARTS COUNCIL
CONSEIL DES ARTS DE L'ONTARIO
an Ontario government agency
un organisme du gouvernement de l'Ontario

Sudbury Greater | Grand

Conseil des arts
du Canada

Canada Council
for the Arts

Errances

Œuvre en couverture : Karolle Grondin, *Vibrer au son de la musique*
(détail), techniques mixtes, 2016
Conception de la couverture : Olivier Lasser

Accompagnement : denise truax
Infographie : Alain Mayotte
Correction d'épreuves : Gérald Beaulieu et Chloé Leduc-Bélanger

Diffusion au Canada : Dimedia

Catalogage avant publication de Bibliothèque et Archives Canada
Titre : Errances : roman / Marie-Thé Morin.
Noms : Morin, Marie-Thé, auteur.
Identifiants : Canadiana (livre imprimé) 20210137932 | Canadiana (livre
    numérique) 20210137983 | ISBN 9782897442248 (couverture
    souple) | ISBN 9782897442255 (PDF) | ISBN 9782897442262
    (EPUB)
Classification : LCC PS8576.O6653 E77 2021 | CDD C843/.54—dc23

À mes chers parents,
Gertrude et Réginald

Récit d'Anaïs - 1

Premier jour du mois.
Le moment de choisir un nouveau carnet.
Des carnets vierges, j'en ai plein dans la camionnette.
Certains avec des images sur la couverture. D'autres,
tout en noir.
Je ne suis pas folle des carnets blancs, que je m'em-
presse de tacher avant qu'ils se salissent d'eux-mêmes.
Un rond de verre de vin ou une éclaboussure de café
suffit.

Les carnets. Il y a peu de choses sur lesquelles je
dépense autant.

J'en ouvre un nouveau. Sa couverture est noire.
Son papier sent bon.
Une bonne odeur de papier, celle de tous les
possibles.

J'aime sa surface rugueuse.

Sa façon d'accueillir l'encre, de laisser glisser la plume.

Le rugueux du papier sous les doigts, qui me fait sentir que je m'accroche à quelque chose.

À l'arrière de ma camionnette, il y a une grosse boîte en carton remplie de carnets qui débordent d'écrits, de journaux intimes, truffés d'idées sans queue ni tête, avec, parfois, des passages si lucides que...

⋮

Il y a bien cette histoire que je reprends sans cesse depuis quinze ans, car il y manque... quelque chose.

Ce matin, c'est ce récit qui me revient. Sur la première page de mon nouveau carnet, j'écris :

> *Ce trou dans mon histoire... Comme un objet égaré...*
> *Comme un rêve dont j'aurais oublié le détail le plus important.*
> *Le voyage est propice aux flottements en tous genres.*
> *Qui se déplace ?*
> *Le décor ou moi ?*
> *Tout est affaire de perceptions.*
> *De convictions aussi.*
> *Car si moi, je ne crois pas mes histoires, qui les croira ?*

．
．
．

Je m'installe au volant et je roule.

Dans ma tête, je reprends encore une fois le fil de mon histoire...

Elle commence dans le Nord. Je ne me souviens plus quand. Ni en quelle année.

Nous sommes à la fin novembre. Les jours sont courts. Les nuits, longues. Nous voyagions souvent de nuit sur des routes où défilait un chapelet de petites villes et de villages illuminés aux noms si poétiques... surtout quand je les traduisais en français.

De vraies perles, qui seraient si belles sur les panneaux :

Baie-du-Tonnerre

Baie-du-Nord

Rivière-à-la-Pluie

Chutes-à-la-Roche-Lisse

Rayon-de-Lune... et

Wawa !

Qui n'aime pas ce nom, toutes langues confondues ?

La tournée était presque finie, et j'en étais ravie, car c'était ma dernière, je le savais. Ma décision était prise. Et je ne l'avais pas prise sous l'effet d'un délire fiévreux, non, j'y songeais depuis déjà un bout de temps.

Et ça n'avait rien à voir avec ma rupture avec Rod, survenue un an plus tôt. Non.

J'avais toujours voulu écrire et le moment était venu.

J'avais des choses à dire, mais autrement et ailleurs que sur une scène.

Donc, j'étais dans le Nord. Dans la camionnette. J'étais très malade. Une grosse grippe me terrassait. J'étais si fiévreuse que je pensais en mourir. Couchée dans mon manteau d'hiver sur un lit de fortune monté sur une caisse d'éclairage, je m'étais ensevelie sous toutes les couvertures de déménagement qui n'avaient pas servi à emballer des accessoires ou de l'équipement.

Malgré tout, j'avais tellement froid.

Quelqu'un chantait une chanson conne. Les autres riaient. On arrivait à Rayon-de-Lune. Je connaissais cet endroit. J'étais souvent passée par là, mais je n'avais pas de mérite parce que, dans le Nord, il n'y a pas mille chemins pour se rendre quelque part.

Et c'est là que surgit le trou dans mon histoire...

Que s'était-il passé après la chanson conne ?

Voyons, reprenons depuis le début...

On rentrait à la maison après plusieurs semaines de tournée.

Je me laissais bercer par la route.

Quelqu'un chantait une chanson conne.

Les autres riaient.

Et puis, après je... J'ai dû m'endormir, tout simplement.

Je m'étais réveillée chez moi, le lendemain, affaiblie, mais contente de me trouver dans mon lit. Le café n'avait jamais été aussi bon.

C'est un bon souvenir, somme toute.

Ça m'agace, c'est tout, ce trou dans mes souvenirs.

⋮

Peu de temps après cette dernière tournée, j'ai acheté ma vieille camionnette Volkswagen et j'ai entrepris mon voyage. Elle est magnifique, avec un reste de fleurs peintes dessus, tout droit sortie d'une autre époque. Elle ne roule pas vite, mais je l'adore.

Depuis, elle me sert à la fois de véhicule et de maison mobile. Enfin, presque tout le temps. Parfois, quand j'en ai les moyens, je loue une chambre dans un motel *cheap*.

C'est toujours inspirant et ça me donne un peu de stabilité.

Je me souviens encore de la fébrilité ressentie au moment du départ. J'avais devant moi toute une vie libre et grisante. Je partais sans destination.

Je partais en laissant tout derrière pour... comment dire ? vivre autrement.

Vivre dans une marge nécessaire pour écrire.

Et c'est toujours elle, l'écriture, qui me dicte mon prochain virage.

⋮

Aujourd'hui, le Sud.

Je pars de loin. Du Mexique.

Tantôt, après avoir ouvert mon carnet, j'ai eu une envie irrésistible de remonter vers le Nord.

Peut-être que j'avais trop chaud ?

Ou bien est-ce à cause de cette image très forte de Rod qui est apparue dans ma tête ?

La dernière fois qu'on s'était vus, Rod et moi... ça ne s'était pas bien passé. Je ne sais pas – ou plus – si c'était ma faute. Mais on ne s'est jamais reparlé depuis.

Aujourd'hui, je sais bien qu'on s'était disputés pour un rien, mais le mal est fait...

Et voilà que tout à coup, je ne peux le chasser de ma tête.

J'essaie de le contacter, mais sans succès. Il y a si long-temps qu'on s'est vus, mes numéros ne sont plus bons.

J'entreprends quelques recherches en ligne, pour découvrir qu'il est parti récemment pour le Nord… Ah ! Peut-être même qu'il est passé à Rayon-de-Lune ! Cette idée m'amuse beaucoup. Rod à Rayon-de-Lune ! J'ai bien du mal à l'imaginer là-bas.

Je me suis mis dans la tête d'essayer de le retrouver. Je me suis fait une joie de repartir vers le Nord. Comme l'impression de rentrer à la maison. Je me suis dit : « Allons-y ! » Ce n'était pas plus compliqué que cela. Après tout, je n'ai de destination que celles que je me donne.

Rayon-de-Lune – 1

Au volant de sa voiture, Rod roule trop vite.
Comme s'il devait absolument se rendre quelque part, même s'il ne sait pas où il est.
L'a-t-il jamais su d'ailleurs ?
Et même s'il savait où il se trouve, il ne saurait pas comment il s'est rendu là.

Il se sent comme un athlète devenu paraplégique. C'est une métaphore, évidemment, mais il vit toute l'injustice de cet état.
Il carbure à un cliché : fuir son passé. Même si ça ne marche jamais, ce truc-là.
Il le sait, mais ça ne l'empêche pas de rouler.
Les grands moments de sa vie repassent en boucle.
Son présent est bloqué dans un voyage sans fin vers le passé.
Car, pour l'instant, il sait bien qu'il n'a pas d'avenir.
Il souffre, tel Faust, tiraillé entre la réflexion et l'action.

⋮

Il voudrait se faire croire qu'il ne l'entend plus, sa voix, sa belle voix qui faisait vibrer les mélomanes avertis des grandes maisons d'opéra de la Scala de Milan à Carnegie Hall.

La vérité, c'est qu'elle est partout en lui, sa voix, tout le temps... Elle envahit en silence toutes les fibres de sa chair, sans lui laisser de répit.

À tel point qu'il essaie de la faire revivre, sa voix...

Mais quand il ouvre la bouche pour chanter...

Sono un poeta. Che cosa faccio ? Scrivo. E come vivo ? Vivo ![1]

... au mieux, c'est un son rauque qui en sort, avec parfois quelques sonorités prometteuses... Mais il lui reste tant de travail à faire avant de redevenir Rodolfo dans *La Bohème*...

Malgré cela, l'aria le fait sourire de bonheur.

Pendant un moment, la musique l'apaise et lui fait oublier tout le reste.

Une fraction de seconde, il ferme les yeux d'extase.

Mais dans l'instant qui suit, son sourire se transforme en grimace.

---

[1] Je suis poète. Qu'est-ce que je fais ? J'écris. Et comment je vis ? Je vis ! (Extrait de l'opéra *La Bohème*, livret de Giacosa et Illica, musique de Giacomo Puccini.)

Merde !

Une crevaison !

La voiture dérape, prend le champ, la voix s'éteint dans la tête de Rod, qui perd connaissance.

De la fumée s'échappe du capot de la voiture.

Rayon-de-Lune - 2

Au vieux motel Rayon-de-Lune, dont le « *no* » est toujours éteint à côté du « *vacancy* », Mimi joue tant bien que mal d'une guitare qui n'a plus que quatre cordes.

Elle entend ce bruit sur la route. Des pneus qui crissent, un choc.

Sans perdre une seconde, Mimi sort en courant. Elle se précipite vers la voiture immobilisée de l'autre côté du chemin, d'où s'élève un panache de fumée. Arrivée sur les lieux, elle voit un homme sans connaissance, du sang coulant sur son front. Après un effort, elle arrive à ouvrir la portière. Rapidement, elle essuie le visage de Rod, déchire la manche de sa chemise en coton pour lui faire un bandage provisoire afin d'arrêter le saignement de son front. Il respire. Elle essaie de lui faire reprendre connaissance :

— Monsieur, monsieur... ! Êtes-vous correct ?

Rod, groggy, marmonne. Mimi regrette de ne pas avoir apporté d'eau. Elle pense à retourner au motel en chercher quand elle remarque une bouteille sur le siège du passager. Elle la prend et asperge Rod, qui reprend connaissance et proteste.

— Arrêtez, voyons ! C'est assez !

— Me voyez-vous là ? lui demande Mimi.

De mauvaise humeur, Rod ouvre un œil :

— Bien oui, je vous vois. Je ne suis pas aveugle. Et arrêtez de m'arroser !

— V'nez-vous-en, vite, votre auto fume, elle pourrait prendre en feu.

— Vous croyez ?

— Pas de chance à prendre. V'nez, je vais vous aider... Doucement.

— Mais je vais bien. Lâchez-moi.

— V'nez, v'nez, j'vas vous installer dans une chambre dans mon motel.

— Non, je veux repartir tout de suite... J'ai encore beaucoup de route à faire.

— Ben ça, ça sera pas pour aujourd'hui... !

Elle lui désigne la voiture. Il voit bien qu'elle est abîmée et qu'il sort maintenant beaucoup de fumée du capot.

— Il y a un mécanicien dans le coin ?

— Ouin, y en a un. Marcel, mais... C'est le temps de la chasse, y est parti, il devrait pas revenir avant une autre semaine certain... Si pas plus !

— Une semaine !...

— Venez, j'vas vous installer au motel.

Rod est incertain en regardant l'allure du bâtiment en face :

— OK, temporairement. En attendant que je puisse trouver un mécanicien.

Mimi sort la valise de Rod du coffre :

— Vous voyagez léger.

Rod lui arrache la valise des mains :

— Je vais prendre ça.

— Vous êtes sûr d'être correct ?

Il répond avec impatience :

— Ça va. Je me sens bien. J'ai juste un peu mal à la tête.

Il touche son front. Mimi commente :

— Vous vous êtes cogné pas mal fort... Je vous ai fait un bandage.

Elle lui tend la main :

— J'm'appelle Mimi.

Sans lui dire son nom en retour, il serre mollement et sans le vouloir la main tendue. Ensuite, ils marchent ensemble en silence jusqu'à l'entrée du motel.

⋮

Rod fulmine de s'être mis dans une situation pareille. Mimi, pourtant curieuse de nature, hésite à questionner son invité. Il l'intimide. Elle pousse les portes vitrées du motel et le laisse passer.

Au comptoir, Rod doit inscrire son nom dans un registre à l'ancienne, ce qui l'étonne.

— Vous n'avez pas de système informatique ?

Mimi ne semble pas savoir de quoi il parle. Rod précise :

— Un ordinateur ? Vous n'avez pas ça ?

Mimi balbutie :

— Ah, oui, oui !... Mais y est cassé, pis j'ai pas eu la chance de le faire réparer.

Rod finit d'inscrire ses coordonnées dans le registre. Mimi le regarde écrire et lui demande :

— Vous alliez loin comme ça ?

— Vous avez mon nom, ça doit bien suffire pour louer une chambre, non ?

Son ton est brusque. Mimi n'insiste pas. Elle tend une clef à Rod :

— Bienvenue au motel Rayon-de-Lune... ! C'est la chambre 9 au fond du couloir.

Rod la remercie distraitement, puis se dirige vers sa chambre. Mimi le regarde s'éloigner avec un petit sourire. La solitude lui pèse beaucoup, surtout en cette saison. Elle se réjouit d'avoir un invité aussi intrigant.

Même s'il semble la considérer comme une moins que rien.

Elle fait semblant de ne pas s'en apercevoir.

Récit d'Anaïs - 2

Je suis quelque part aux États. Le vent souffle.
Et toujours cette poussière dans l'air.

J'ai roulé des centaines de kilomètres depuis hier, la tête ailleurs. Perdue dans mes pensées.
Puis l'image de Rod m'est revenue.
Une impression si vive que j'en ai eu un coup au cœur, tellement que j'ai été obligée de freiner et de m'immobiliser sur le bord de la route.

Le sentiment qu'il lui est arrivé quelque chose.
Tout d'un coup, je me sens lasse.
Je devrais peut-être dormir un peu.
Je viens de passer un petit motel tout blanc. En ruine.
Il ressemblait à une longue remorque, avec une dizaine de chambres dont la plupart des fenêtres sont placardées.

J'ouvre mon carnet, en laissant passer une page blanche, car je n'ai rien écrit hier.

Rod, pourquoi je pense à toi si fort depuis deux jours ?
Ça fait quinze ans qu'on ne s'est pas vus.
Pourquoi, là, tout d'un coup, t'es dans ma tête ?

⋮

Je suis où là ?... Ah, oui ! Quelque part en Arizona.
Au milieu du désert.
Au milieu de *nowhere*. Entre chien et loup.
La lune se lève. J'entends un hurlement.

Bon, des gyrophares.
Une forme en uniforme s'avance vers moi.
Je baisse ma fenêtre. La femme sous la visière demande d'un ton calme :
— Ça va ?
— Oui. Pourquoi ?
— Vous êtes arrêtée sur le bord du chemin. Et vous avez une plaque de l'Ontario.
— C'est illégal ?
Elle ne rit pas.
— Il y a longtemps que vous êtes partie de l'Ontario ?
— Oui.

— Il y a longtemps que vous êtes aux États-Unis ?

— Non, je ne fais que passer.

Elle jette un regard circonspect à l'intérieur de ma camionnette, braque sa lampe-torche dans tous les recoins comme si elle s'attendait à trouver des marchandises illégales. Je ne sais pas si elle a le droit ou non d'agir ainsi. Mais nous sommes dans l'Amérique profonde et je me doute que les lois sont différentes ici de celles que je connais.

Elle s'attarde avec sa lampe-torche sur la boîte en carton qui contient mes carnets d'écriture. Cette insistance sur une part intime de mon univers m'agresse :

— Qu'est-ce que vous me voulez... ?

— Votre camionnette zigzaguait tout à l'heure.

— Oui, ça se peut... Je... Je cherchais un peu mon chemin.

— Vous devriez regarder la route.

— Oui, oui, bien sûr...

— Vous avez les yeux rouges.

— Ah ?...

— ... Descendez de votre véhicule, s'il vous plaît.

Bon, ça y est, elle s'imagine des choses. Elle va me retarder. Je n'aurais pas dû m'arrêter. Mais je n'ai pas envie d'argumenter avec elle et je descends. D'autant plus que je n'ai rien à me reprocher.

Je l'observe. Ça me dérange de ne pas voir ses yeux, cachés par ses verres fumés. Je jurerais qu'elle a en permanence sur ses lèvres un sourire énigmatique à la Joconde, mais il faudrait que je puisse voir son regard pour m'en assurer.

Elle me demande:

— Vous n'avez rien pris ce soir? Alcool?

— Non.

— Drogues? Pilules?

— Non.

— Pot, hasch?

— Non, non. Rien. Rien pantoute. Testez-moi, fouillez-moi, vous trouverez rien.

Malgré toutes ses questions inquisitrices, je ne peux m'empêcher de penser qu'elle a quelque chose de sympathique, cette agente. Elle me dit ensuite quelque chose d'étonnant:

— Vous savez que vous ne devriez pas conduire quand vous êtes triste? Vous pourriez prendre de mauvaises décisions au volant.

Comment a-t-elle su que j'étais triste? Je réplique du tac au tac:

— L'inverse est vrai aussi. Je pourrais en prendre de mauvaises quand je suis heureuse.

Le crépuscule est tombé. Elle retire ses verres fumés. Dans la lumière des phares de l'autopatrouille, je vois ses yeux pour la première fois. Son regard est beau et limpide. Et j'avais raison: son sourire est énigmatique. J'ai le goût de l'appeler Mona Lisa.

Sans s'imaginer une seconde toutes les pensées qu'elle génère dans mon esprit, *Mona* poursuit :

— Montrez-moi vos papiers.

Je les sors de mon sac. Elle les regarde en braquant sa lampe-torche dessus.

— Anaïs. *Nice name.*

C'est encore plus beau comme elle l'a dit. Puis, elle me rend mes papiers en me dévisageant longuement. Son regard me transperce, passe à travers moi comme une épée. C'est douloureux, mais curieusement, je ne voudrais pas qu'elle arrête.

Puis, l'impression passe.

Je remonte en vitesse dans la camionnette, mais elle m'empêche de refermer la portière. Elle plonge son regard dans le mien et la même douleur vient me chercher au fin fond de l'âme. J'ai chaud. Je ne suis pas certaine de comprendre ce qui m'arrive.

Et toujours, ce regard qui me transperce. Elle reprend :

— *I think you need a break...*

J'ai l'impression, très forte, qu'elle est capable de ressentir toutes mes émotions. Après ma tristesse, elle a su lire ma fatigue.

Mona me fascine, décidément.

— Je peux t'escorter au motel à côté.

— M'escorter...

— Le motel est abandonné. Parfait pour des gens comme nous.

— Comme nous ? Mais... qu'est-ce qu'on a en commun ?

— Nous sommes des nomades, des âmes en peine, des âmes errantes qui voyagent...

— Je ne suis pas une âme errante, *officer*.

— Je ne m'appelle pas « *officer* ». Je ne suis pas une chose qui se promène en uniforme. J'ai un nom, et c'est June.

Alors, *Mona* s'appelle June. Je suis un peu déçue.

Le regard de June me lâche pour se projeter dans la nuit en direction du motel. Étrangement, aussitôt qu'elle le fait, la douleur cesse au fond de moi ; mais, du même coup, je ressens un manque. Terrible. Comme si j'avais besoin d'un prochain *hit* de drogue. Deux voitures passent, ralentissent à notre hauteur. Les occupants me regardent avec désapprobation, comme si j'étais coupable. J'ai envie d'arracher à June son uniforme, d'éteindre ses gyrophares...

Je regarde droit devant moi. Malgré la noirceur, je sais que la route est longue, interminable. Je pense aux explorateurs anciens qui voyageaient sans route praticable autre que les cours d'eau et sans éclairage autre que le feu ou la lune. La nuit ralentissait leur avancée, les forçant souvent à dormir.

June referme la portière de ma vieille camionnette. Elle me sourit d'un air invitant et retourne dans son auto-patrouille, qui fait demi-tour en direction du motel.

Et moi ? Je poursuis ma route ou je m'arrête ? Dans le rétroviseur, je la vois garer sa voiture au motel et éteindre ses phares. D'un coup, tout est plongé dans le noir. Je ne la vois plus. Mais je sais qu'elle est là, qu'elle m'attend. Vraiment, elle m'intrigue. Tout cela me semble louche. Je dois me méfier. Des policiers qui virent fous, ça existe. Et puis, elle est armée. Je ne le suis pas.

⋮

Bien sûr, je fais demi-tour.
Ma prévisibilité m'exaspère.

Je viens garer ma vieille camionnette trouée par la rouille tout contre sa voiture de police blindée. Je remarque quatre autres voitures dans le stationnement, dont deux tout aussi mal en point que ma camionnette.
June m'entraîne vers le motel, dont la peinture blanche s'écaille à plusieurs endroits. Il se dégage du bâtiment en ruine la froideur terrible des bâtiments abandonnés depuis longtemps. Autour règne un silence que seuls brisent le vent, le craquement des charpentes en bois et le grincement des pentures rouillées. Comme dans un vieux film western.

Rayon-de-Lune – 3

Rod marche jusqu'au bout du long corridor en observant d'un air dégoûté la décrépitude du motel.

Il entend Mimi chanter une de ses compositions
depuis le sofa de la réception. Elle s'accompagne de sa
guitare à quatre cordes :

> « *T'es arrivé un beau matin le cœur lourd*
> *En espérant voir se lever un nouveau jour*
> *Le destin t'avait joué un méchant tour*
> *Pis tu pensais avoir mal pour toujours* »

Le sentiment d'agacement de Rod monte d'un cran.
Aussitôt arrivé à sa chambre, il referme sa porte.
Enfin, le silence.

La chambre est propre, mais elle sent le renfermé, une
odeur de fumée incrustée dans toutes les fibres des
tissus. Évidemment, les gens ont fumé dans ce motel

pendant des années avant qu'on interdise la cigarette. C'est une chambre comme on en voit partout dans les motels sur les routes perdues, avec une tapisserie de mauvais goût. Sur les murs, des reproductions de paysages. Sans oublier le tapis gris, le couvre-lit et les rideaux gris et rose.

L'odeur de fumée le prenant à la gorge, Rod ouvre la fenêtre malgré le froid.

Dans la salle de bain, il retire le pansement que lui a fait Mimi et examine sa blessure au front. Il s'est fait une belle bosse, un gros bleu. Et la coupure est profonde, même si elle ne saigne plus. Heureusement, il ne ressent pas de douleur.

« Je ne me suis pas manqué, pense Rod. Je n'aurais pas dû rouler si vite. Si j'avais roulé moins vite, je serais encore sur la route au lieu d'être prisonnier ici, dans cette chambre minable, dans un hôtel minable, avec une hôtesse mina... Non, elle n'est pas minable, Mimi. Je ne peux pas dire ça. Je ne la connais pas. Nous n'avons rien en commun, c'est tout. »

Rod s'étend sur son lit. Dans sa tête, il entend à nouveau l'aria de *La Bohème*, son opéra fétiche dans lequel il chantait le rôle de son homonyme, Rodolfo, le poète... amoureux jaloux de Mimi... Coïncidence étrange que de se retrouver avec une Mimi qui n'a rien de l'héroïne gravement malade de Puccini...

Il n'y a pas si longtemps, il était encore un grand

chanteur d'opéra. Pourtant, une éternité pourrait s'être écoulée depuis ce temps-là. Dans le monde de l'opéra, d'autres ténors ont pris sa place, brillent sur les scènes où il avait cru que son étoile ne pâlirait jamais. Comme tout est éphémère !

Dans sa chambre minable à l'odeur infecte, il se dit qu'il n'est jamais tombé aussi bas.

⋮

Il se secoue. Il bondit sur ses pieds. S'éclaircit la voix. Il essaie de chanter un air lyrique, mais TOUT est à refaire. Il lui faut réapprendre à chanter comme un enfant apprend à marcher, un pas à la fois.

Découragé, il s'étend à nouveau sur son lit, un prisonnier dans sa cellule.

Il finit par s'endormir tout habillé, la fenêtre toujours ouverte.

Quelques heures passent. Il se réveille, transi. Le cadran indique 12 h 34.

Il referme la fenêtre en pestant : « Ce n'est pas tellement bon pour la voix, ça. »

Récit d'Anaïs - 3

J'ai dû frissonner devant le motel et hésiter à y entrer. June m'a tendu la main pour me rassurer.

Une fois à l'intérieur, nous nous dirigeons vers l'une des extrémités du bâtiment. Tout de suite, une forte odeur de *mari* nous assaille. Je suis convaincue que June va procéder à l'arrestation des *poteux* qui squattent le motel abandonné, mais non. Elle va plutôt à leur rencontre, elle les reconnaît et les salue... et accepte le joint qu'on lui offre.

Décidément, il y a quelque chose de bizarre chez June. Je me demande encore si j'ai bien fait de la suivre. Elle aspire une grosse *puff* du joint avant de me le passer. Par bravade, j'en prends une grande bouffée à mon tour. Je le trouve fort, je n'en ai pas pris depuis un bout de temps. Je sens ma tête se remplir de chaleur et de fumée. J'exhale, et un choc électrique me traverse le cerveau.

À la lueur de bougies, je vois que les murs de quatre chambres ont été démolis pour créer la grande pièce dans laquelle on se trouve. Elle a l'aspect d'un étrange dortoir-vestiaire, avec ses huit lits doubles et quatre salles de bain à la vue de tous, et des canapés défoncés où s'écrasent des gens tout aussi défoncés.

June parle avec Will, Ed et Wilma.
Des noms pareils, ça ne s'invente pas. Ce sont de saprés *hobos*.
Tous trois sont édentés. Ce qui n'aide pas leur diction. Et puis, avec leur accent *southern*, j'ai bien du mal à les comprendre.
Leurs vieux vêtements souillés empestent la sueur et l'urine.
Comme une odeur âcre de putréfaction qui prend à la gorge et que j'essaie de masquer en tirant sur le joint qui circule.
J'essaie mollement de comprendre les liens qui unissent June à tous ces gens. En décodant les conversations, je comprends qu'Ed et Wilma sont arrivés au motel ce soir un peu avant moi. Ils me posent des questions pour faire connaissance, mais je n'ai pas envie de parler de moi et je leur réponds par des monosyllabes. Je regrette déjà d'être venue. Trop de monde ici. Pas d'intimité avec June. Et c'est elle qui m'intrigue.

Will, lui, m'ignore complètement. June l'appelle « Dad ».

Pourtant, il n'a pas l'air beaucoup plus vieux qu'elle.

« Dad », ça doit être associé à autre chose.

Ed et Wilma ne cessent de parler du passé. Leur tête aurait déjà été mise à prix. Je me demande pourquoi June ne les arrête pas sur-le-champ.

Tout cela me paraît très confus.

L'effet du pot est trop intense et j'ai mal à la tête.

Au bout de quelques minutes, j'en ai assez. Je m'empare d'une bougie et je pars explorer le reste du motel.

⋮

Soudain, un jeune garçon sort d'une chambre juste devant moi. Il s'immobilise en me voyant. Je lui dis « *hello* », bien gentiment, mais il ne me répond pas. Il me dévisage longuement comme si j'étais une chose étrange. J'insiste :

— *Hi. What's your name ?*

Toujours rien. Rien que ce regard qui semble me passer à travers comme si je n'étais pas là. Pourtant, il m'a vue. Et enfin, enfin, il me parle.

— Pourquoi t'es triste ?

— Quoi ?

— Pourquoi t'es triste ?

— J'suis pas triste.

— Oui, tu l'es. T'es très triste.

Il martèle chaque mot nettement, mais sans emphase, comme une évidence. Ça me donne froid dans le dos. Pendant que je le regarde en pensant qu'il est beau, il ajoute :

— T'as les yeux rouges.

— C'est parce que… j'ai pris quelque chose.

Je vois bien qu'il ne comprend pas mon explication. Alors, pour faire plus simple, je concède :

— Oui, c'est parce que je suis triste.

June surgit derrière moi :

— C'est mon fils, Bobby.

— Ton fils ?

Je tourne ma bougie vers Bobby pour constater la ressemblance avec June, mais le garçon a déjà disparu. J'entre dans la chambre d'où je l'ai vu sortir. Mais je ne le trouve pas. June ne s'en étonne pas.

— Il aime se cacher. C'est un jeu pour lui.

— Tu le laisses courir dans un endroit comme ici, en ruine ?

— Je ne suis pas inquiète. Bobby fait toujours attention.

— Pourquoi vous restez ici ? C'est dégueulasse. Je veux dire, t'as bien les moyens de louer un vrai logement. Salubre.

— Et toi ? Pourquoi tu vis dans ta van ?

— C'est pas pareil. J'ai pas d'enfant. Je ne fais de tort à personne.

— Je ne pourrais jamais faire de tort à Bobby !

Elle s'est exprimée avec tant de force que je recule :

— Excuse-moi. Je ne voulais rien insinuer.

Puis je baisse les yeux :

— Je suis fatiguée. Je vais dormir.

— Où tu vas ?

— Dans ma van.

— T'as pas besoin d'aller dans ta van. Il y a un lit confortable, dans ma chambre. On peut le partager.

Un lit ferait changement de ma couchette de fortune dans la camionnette. J'accepte et je la suis dans sa chambre.

La chaleur est suffocante.

Je m'étends à côté d'elle. Malgré qu'elle ait porté toute la journée un uniforme de couleur foncée, une veste pare-balles, tout son attirail de policière et de grosses chaussures qui conviendraient mieux à un homme qu'à une femme somme toute assez frêle malgré sa forme physique irréprochable, June n'exhale aucune mauvaise odeur. Elle est presque nue, n'ayant gardé que sa petite culotte.

Dès qu'elle se couche, elle s'endort. Elle est capable de dormir dans ce lit défoncé. Ça doit être une question d'habitude. Pour ma part, je tourne et me retourne jusqu'à ce que j'en aie assez. Je m'assois sur le lit, me recouvrant d'une serviette complètement mouillée d'eau froide pour chasser la chaleur.

L'air est si torride que June sue à ne rien faire dans son sommeil. Dans le rayon de lune, sa peau moite a l'apparence d'une plage de sable mouillé alors que la marée vient de se retirer.

La porte entrouverte laisse passer un peu d'air. J'aperçois Will dans le corridor. Il me jette un regard sombre. Ses yeux, remplis d'envie et de désir, tombent ensuite sur June endormie. Je retiens mon souffle. Mais il s'en va. Heureusement.

J'ai l'impression que Bobby n'est pas loin, qu'il est caché et qu'il nous regarde.

Il me vient mille questions et préoccupations. Pourquoi June ne s'inquiète-t-elle pas de son fils ? Où est-il présentement ? Ne devrait-il pas être avec nous ? Je m'en fais pour lui. Je sens que c'est un être fragile. Et il y a Will qui rôde dans le motel. Je crois que c'est un homme mauvais.

À ce moment, j'entends un bruit provenant du garde-robe. Bobby en sort et murmure :

— Hé, Anaïs ! Veux-tu jouer avec moi ?

— À quoi ?

— À ce que tu veux. T'aimes la cachette ?

— …

— Viens jouer !

— Non. Le motel est trop dangereux.

— Mais non. C'est parfait pour nous. Nous deux.

— Et June, aussi. Ta mère.

— Non !

Nous avions tout dit en murmurant.

Sauf le « non ! », qu'il a jeté d'une manière catégorique, presque méchante.

Je veux savoir pourquoi il a dit ça, mais il met un doigt sur ma bouche pour me faire taire en désignant le lit où June dort. Il murmure ensuite, en montrant le corridor :

— Viens jouer à la cachette.

Rayon-de-Lune – 4

Le lendemain matin, Rod se réveille le corps douloureux d'avoir dormi dans le froid. Il n'a jamais pu se
réchauffer après avoir fermé la fenêtre.
Il aurait dû mettre le chauffage.
Dehors, il a neigé, même si ce n'est que le mois
d'octobre.
Il se résout à quitter sa chambre et à affronter Mimi
dans le corridor. Drôlement accoutrée, avec des seaux
pendant au bout des bras, elle a l'air d'un petit clown
pathétique.
— Bonjour, Mimi. C'est le grand ménage ce matin ?
— Non, pas le grand ménage. Le toit coule. J'passe
ma vie à vider pis replacer les seaux.
— Ce ne serait pas plus simple de faire réparer le
toit ?
— Évidemment ! Mais il faut des sous pis les clients
sont rares. Mon ex-mari m'a laissée là avec le motel

qui tombe en ruine, les dettes. Ce motel-là, personne le remarque. Y a plus personne qui s'arrête. D'ailleurs, si vous aviez eu le choix, vous seriez allé ailleurs vous aussi.

— C'est vrai. Mais je ne cherchais pas une chambre. Et j'étais pressé.

— Ça se voit que vous êtes un homme pressé.

— Ah oui ? Vous voyez ça à quoi ?

— Ça se voit, c'est tout. Par exemple, c'est ben évident que vous êtes entré trop vite dans la courbe. Tellement que j'ai passé la nuit à me demander où est-ce que vous alliez hier quand…

Elle s'interrompt quand Rod lui lance un regard qui tue. Pourtant, elle s'enhardit :

— Désolée ! Mais je peux quand même pas m'empêcher de penser ! Et puis, c'est normal que j'aie pensé à vous, ça m'arrive pas souvent de voir du monde.

— Vraiment ? Y a surement des gens au village que vous voyez, que vous connaissez ?

— Oui, oui, évidemment. C'est juste que, dans vie, il me semble qu'on connaît ben des gens sans vraiment les connaître.

Rod reste silencieux une seconde, puis approuve en hochant la tête :

— Oui. C'est vrai.

— Avez-vous faim ?

— Non, je n'ai pas faim, je n'ai pas mal à la tête, mais j'ai mal dormi, j'ai eu froid.

— Vous auriez dû partir le chauffage.

— Oui. Je me suis endormi la fenêtre ouverte. Je voulais seulement aérer la chambre puis la refermer, mais je suis tombé endormi comme une roche.

— Vous avez eu une grosse journée hier.

— Oui, une grosse journée.

Un silence lourd et inconfortable tombe entre les deux. Mimi le brise après un instant :

— Voulez-vous m'aider à vider pis remplacer les seaux ? Ça coule fort dans quatre chambres. Il faudrait vérifier toutes les autres. Ça coule pas dans la vot' toujours ?

— Non, non.

— Bon, tant mieux. Pouvez-vous m'aider une minute ?

— Je voulais sortir, me changer les idées...

— Ça sera pas long.

Rod se résigne :

— D'accord. Mais ensuite, je veux explorer les bois aux alentours.

— C'est pas une bonne idée. Y a plein de chasseurs dans les bois...

— Des chasseurs ? Je pensais que les chasseurs allaient chasser ailleurs...

— C'est Marcel qui chasse ailleurs. Mais y a quand même des chasseurs qui chassent par ici. Y a plein de touristes qui viennent chaque année...

Rod l'interrompt, ébahi :

— Et aucun n'arrête ici ?

— J'vous l'ai dit, j'ai pas d'argent pour rénover. Je peux pas compétitionner avec les nouvelles cabanes modernes dans le bois. Moi, mon motel fait chenu sur le bord du chemin... Tenez, allez vider le seau.

— Où ?

— Ben... dans le bain !

En vidant le seau, Rod remarque la rouille incrustée au fond de la cuve. Décidément, on n'avait pas dû rénover ce motel depuis sa construction dans les années 1950. Il élève la voix pour se faire entendre de Mimi :

— Dites donc, Mimi... Vous n'arrêtez pas de dire qu'on remarque pas votre motel. Mais c'est l'image que vous projetez aussi.

— Je projette pas d'image !

Rod revient dans la chambre avec le seau vide.

— On projette toujours une image. Malgré soi. Vous aussi, vous devez vous faire une image de la personne que je suis.

— Une image, non. Non, moi, quand je vous regarde... Je pense... ou je sens que vous avez quequ'chose, que vous vivez un gros drame... qu'on dirait que vous essayez de le fuir...

Agacé que Mimi ait visé juste, Rod refuse de s'aventurer sur la voie des confidences et ramène la conversation sur elle :
— On parlait de vous.
— Moi ? Y a vraiment rien à dire. Je tiens un vieux motel sur une route perdue. Ici, rien ne change, rien ne bouge. Sauf les saisons.
Rod s'énerve un peu :
— OK. Vous ne voulez pas parler de vous. J'ai compris.
Puisqu'elle poursuit son travail sans mordre à l'hameçon, il ajoute d'un ton déterminé :
— Je vais sortir. J'ai besoin d'air. Chasseurs ou pas, je veux y aller !
— Correct, correct. Fâchez-vous pas. Mais j'vas vous donner une veste orange pour pas qu'on vous tire dessus. V'nez, j'en ai une dans le bureau.

Rayon-de-Lune – 5

Rod se sent ridicule dans la veste fluo orange avec ses grands X jaunes dans le dos et sur le devant.

Mais il est dehors, il se sent bien, il respire à pleins poumons et c'est tout ce qui compte. L'air froid et pur de l'automne nordique le ravive.

La couche de neige fond sur l'asphalte.

Sa voiture est toujours sur le bord de la route. Il remarque que le pare-chocs avant est déplacé et que le devant de la voiture est cabossé. Il ne se souvient pas d'être entré en collision avec quoi que ce soit.

« J'ai peut-être perdu connaissance avant de frapper... on dirait un arbre ou un poteau... Mais je n'en vois pas à proximité. »

Curieux, il dégage la neige sur la portière et s'installe au volant. Il met la clé dans le démarreur. Le moteur rechigne et toussote, mais la voiture ne démarre pas.

« Ç'aurait été trop beau ! Ça valait la peine d'essayer,

si ç'avait marché, j'aurais pu repartir tout de suite...
Encore une bonne semaine à passer ici... »

Il soupire et ressort de la voiture. Il marche vers le bois. À cent mètres de sa voiture, un sentier s'enfonce dans la forêt. Il y aperçoit un orignal. Majestueux. Magnifique. Avec une tache brun pâle sur son flanc droit.

Rod s'en approche doucement.

La bête hume l'air profondément comme s'il percevait une présence à l'odeur et regarde lentement à la ronde.

Puis, sans prévenir, il part au galop.

Rod renonce à le suivre, mais il emprunte le même sentier.

Au fil de sa marche, les événements survenus depuis la veille lui reviennent en tête. Mimi est évidemment au cœur des pensées qui se bousculent en lui :

« Drôle de bonne femme, la Mimi. Fatigante, mais attachante. Jamais vu quelqu'un avoir aussi peu confiance en elle-même. Oui, une drôle de bonne femme. Un peu bizarre. Surtout qu'elle pense que personne ne la remarque... Je ne pourrais jamais dire ça, moi, non jamais. Je suis trop habitué d'être dans l'œil du public, dans l'œil des autres. »

« Elle est quand même attachante, la Mimi... Si je restais plus longtemps, je prendrais peut-être le temps de mieux la connaître et l'aider... Mais rester ici, dans des conditions pareilles, il faudrait vraiment être masochiste... »

Puis, le regret l'envahit à nouveau : « Si je n'avais pas roulé aussi vite, aussi, je serais encore sur la route... Bon ! inutile de revenir là-dessus... Marcher dans les bois, ça fait une éternité que je n'ai pas fait ça... Que ça fait du bien ! Respirer. Retrouver ma voix. Ah ! si je pouvais chanter encore... Non, pas SI, je VAIS rechanter bientôt. Je vais m'y mettre sérieusement. Mes cordes vocales sont guéries. Je n'ai plus mal. Je vais commencer ma mise en forme ici même... Au motel Rayon-de-Lune... En attendant que Marcel revienne de la chasse... Et que ma voiture soit réparée... »

À mesure qu'il marche, il met de l'ordre dans ses idées, les classe. Pour la première fois depuis longtemps, il reprend confiance, il voit enfin une lueur d'espoir. Puis il entend un coup de feu tout près, suivi de voix fébriles : « Un gros *buck* ! Tu l'as eu ? Oui ? »

Rod quitte le sentier et s'enfonce dans le bois, s'aventure dans la direction des cris des hommes qui jubilent devant le grand animal abattu.

Il s'en approche et regarde la bête au sol qui saigne de la tête, atteinte d'une balle entre les deux yeux. Il est troublé que la vie se soit si rapidement retirée de l'animal. L'orignal, les yeux ouverts, semble pleurer.

Le sang lui coule du front à la bajoue.

Cette vision le fascine. Il lui semble que l'animal le regarde, mais ce n'est qu'une impression fugitive.

Trop occupés à pavoiser devant leur prise et à préparer son embarquement dans le camion, les chasseurs ne réagissent pas à la présence de Rod. Devant leur attitude peu cordiale, Rod se dit que ce sont des touristes qui ne veulent pas être dérangés...

Tout comme lui, au fond.

Il retrouve le sentier et reprend sa marche.

Récit d'Anaïs - 4

Au petit jour, j'explore avec Bobby les environs du motel. Dans ce lieu désert, il me fait découvrir une butte derrière laquelle il aime se tapir pour observer sans être vu. On s'étend côte-à-côte dans le sable sur le versant opposé au motel, nos têtes cachées derrière quelques broussailles.

De là, on peut voir les gens entrer et sortir du motel. Les uns après les autres, les locataires du dortoir-vestiaire quittent le motel.

Ed et Wilma repartent en dernier dans leur voiture amochée.

Visiblement heureux de leur départ, Bobby murmure :

— Tant mieux. Ils ne faisaient pas l'affaire.

— L'affaire pour quoi ?

— June l'a bien compris.

Je ne le connais pas encore beaucoup, ce gamin qui se colle à moi comme une tache. Mais je sais déjà qu'il ne répond pas toujours directement aux questions qu'on lui pose.

Je saisis la balle au bond quand il parle de June :

— Pourquoi appelles-tu ta mère par son prénom ?

Il me regarde longuement sans répondre et ses yeux ont quelque chose d'impénétrable. L'inspiration me gagne :

— Dis-moi, il y a un endroit où je pourrais m'installer pour écrire ?

— Tu écris ? Qu'est-ce que tu écris ?

— Toutes sortes de choses.

— Des aventures de superhéros ? Des bandes dessinées ?

Je ris :

— Non, non ! Rien comme ça. Des choses qui ne t'intéresseraient pas.

— Qu'est-ce que t'en sais, Anaïs ?

— C'est pas pour quelqu'un de ton âge. C'est tout.

Il s'offusque de mon commentaire :

— Tu penses que je suis trop jeune pour comprendre ?

Je ne sais que lui répondre et il rajoute, pour me convaincre :

— June dit toujours que je suis très vieux pour mon âge.

— Oui, bon, d'accord, mais...

Je m'interromps. Bobby comprend l'embarras dans lequel il m'a placée et n'insiste pas. Il m'invite plutôt à me relever de la butte :

— Viens, je vais te montrer un endroit que tu vas aimer.

⋮

Dans le motel, il me montre une pièce que je n'avais pas remarquée. Un débarras, rempli de toutes sortes d'objets pêle-mêle, dont des armes à feu accotées n'importe comment contre le mur. Je suis désarçonnée :

— C'est ici que tu veux que j'écrive ?

— Personne ne vient ici. Ou pas souvent. La fenêtre est du bon côté, pour la lumière. Si tu es comme moi, tu as besoin de lumière.

— Mais les armes, tu sais... c'est pas tellement mon genre...

— Contre le mur, elles ne sont pas dangereuses, Anaïs.

Il change vite le sujet et me guide en se frayant un chemin au milieu du ramassis d'objets :

— Regarde la belle table en bois. Je pense qu'elle pourrait t'inspirer.

Le soleil plonge sur le bois en éclairant délicatement

la poussière qui passe dans son rayon. Instant magique.

— Oui, c'est parfait, merci Bobby.

Il sourit. Il va partir, puis revient :

— Tu sais, Anaïs... Je voudrais seulement que...

— Que... quoi ?

— Rien, c'est que... Puis non, laisse faire.

Il part à la course, comme un gamin.

⋮

J'ouvre le carnet à une page blanche.

Aujourd'hui, Bobby prend toute la place sur le papier.

C'est exactement le genre de personne que je souhaitais rencontrer quand j'ai décidé de passer ma vie sur la route. Je ne peux pas passer à côté de quelqu'un comme lui.

Il a complètement remplacé l'image de Rod, qui était pourtant si forte en moi hier. J'écris :

> J'ai toujours pensé que, si libre soit-on, on se choisissait toujours une prison. Des cloisons.
> D'arrêter à telle place plutôt qu'à une autre. De côtoyer une personne plutôt qu'une autre. On ne peut jamais être sûr des choix que l'on fait.
> Et ensuite, les conséquences sont infinies.

Au fond, qu'est-ce que je suis venue faire ici ? Qu'est-ce qui m'a pris de suivre au motel cette June au sourire de Mona Lisa ? J'ai été attirée par son énergie, c'est tout. Il n'y a rien de rationnel dans tout cela.
Et maintenant, il y a Bobby. Lui, ça va me prendre un peu de temps pour le comprendre et...

Je suis dérangée par des bruits dans le corridor.

— J'en peux pus, June ! J'pus capable !

C'est Will. Je le reconnais autant à sa voix qu'à son odeur.

Je referme vite mon carnet et je me cache derrière un vieux frigo. June tente de rassurer Will :

— Je vais lui dire d'arrêter, je te promets ! Il va m'écouter.

La voix de Will est désespérée :

— Oui, il faut, parce que là, je...

— Ça achève, Dad, patience !

— Tu dis ça chaque fois, June, mais...

— Cette fois-ci, c'est peut-être la bonne... OK ?...

Will ne lui répond pas. June tente de l'encourager :

— Va tirer. Ça va te changer les idées.

Will hésite. Puis il entre dans la pièce, suivi de June. Tout en restant cachée derrière le frigo, je me place de manière à voir ce qui se passe. Will choisit une carabine, l'inspecte, la soulève, colle son œil sur la lunette et la met en joue... en direction du frigo.

J'entends un cliquetis.

Il ne va pas tirer en plus ? Je me montre :

— Non, mais ! C'est que je suis là !

June sursaute en me voyant. Elle fait un geste pour que Will abaisse le canon de son arme, mais il ne s'exécute que lorsqu'elle dit :

— Anaïs, tu étais là ?

— Oui !

June jette un coup d'œil vers Will, qui sort.

— Qu'est-ce que tu fais là, Anaïs ?

— C'est Bobby qui m'a proposé de m'installer ici pour que je puisse écrire tranquille. Il s'est trompé, je crois !

— Will n'allait pas tirer.

— Je m'en fous. Je déteste les armes. Surtout quand elles sont pointées directement sur moi !

— Allons, voyons, pas besoin d'en faire toute une histoire ! Will ne pouvait pas savoir que tu étais là.

Je regarde l'arme de poing de June accrochée à sa ceinture. Des armes, des armes partout ici. Et personne ne semble trouver ça troublant. Je suis choquée de voir des carabines entreposées n'importe comment, auxquelles Bobby a si facilement accès... Je ne sais pas, moi, mais il me semble qu'une balle perdue est si vite arrivée... Et June, qui prend tout cela avec un grain de sel !

Le silence entre nous est lourd.

June me dévisage comme si elle essayait de lire dans mes pensées et semble frustrée de ne pas y parvenir.

Un malaise s'installe, que je brise :

— Ça va avec Will ?

— Oui, oui. T'en fais pas.

— Tantôt, il semblait... au bord des larmes.

— C'est un grand émotif !

Je comprends qu'elle ne m'en dira pas plus.

Je suis incapable d'obtenir une réponse satisfaisante ici.

Ni d'elle, ni de Bobby.

Je remets mon carnet et ma plume dans mon sac à bandoulière que je referme.

En posant ce geste, je sais que cette « prison » temporaire que j'ai choisie hier n'est pas la bonne pour moi.

— Je repars.

— Quoi ?

— Oui, je dois me rendre dans le Nord.

— Pourquoi ? Quelle est l'urgence de partir si vite ?

Elle semble vraiment troublée par cette nouvelle.

— Je n'ai rien à faire ici. Je n'appartiens pas à ce monde.

— Tu y appartiens bien plus que tu le crois.

— Pas du tout ! Vous êtes tous très différents de moi et...

— Voyons, Anaïs !

— Laisse-moi passer, June.

Alors que nous discutions, j'ai essayé de sortir du débarras, mais June m'a bloqué le passage.

— Donne-nous une chance. Attends encore quelques jours. Apprends à mieux nous connaître.

— Non, ma décision est prise.

J'arrive à me rendre à la sortie. Je sursaute en voyant Bobby à la porte.

Je comprends qu'il a entendu toute la conversation quand il me demande :

— Tu ne m'aimes donc pas, Anaïs ?

June rajoute à mon embarras :

— Si tu pars, c'est à lui que tu devras l'expliquer.

Bobby me dévisage silencieusement, douloureusement. Dans le lac noir de ses yeux, je vois tous les abandons du monde.

Je ne peux pas supporter cette vision.

Je lui tends la main et nous sortons ensemble sous le regard scrutateur de June.

⋮

J'ouvre les portes arrière de la camionnette pour y remettre mon sac. Bobby voit la couchette installée à l'intérieur :

— C'est ici que tu vis, Anaïs ?

Je fais oui de la tête, en cherchant mes mots :

— Écoute, Bobby...

— Ne pars pas ! S'il te plaît... Ne me laisse pas avec elle ! Elle me néglige tout le temps ! Tu l'as vu, non ?

— Bobby...

— J'ai besoin de toi !

— Bobby ! Nous nous sommes rencontrés hier ! Tu ne sais même pas qui je suis !

— J'ai su tout de suite en te voyant que tu serais bonne pour moi, Anaïs.

— Tu ne peux pas savoir ça, Bobby.

— Si !

Il regarde l'intérieur de la camionnette :

— Je me ferai tout petit. Tu ne me remarqueras même pas.

Je secoue la tête d'impuissance.

Rayon-de-Lune – 6

À l'entrée, assise sur son vieux sofa orange et brun à motifs fleuris, Mimi regarde dehors par les portes vitrées du motel. « Ça fait longtemps qu'il est parti... Cinq bonnes heures au moins... J'espère qu'il s'est pas perdu... Ou qu'il s'est pas fait tirer dessus !... C'est pas un homme fait pour vivre ici, lui... C'est quoi son histoire ? »

Elle s'enhardit : « Que ça serait l'fun s'il restait ici pour toujours... ! »

Puis se calme : « Mais tu t'imagines encore des affaires, Mimi, tu l'sais qu'y pense juste à sacrer son camp... Tu vas te faire mal, Mimi, tu vas... »

Ses pensées s'arrêtent quand elle voit Rod arriver dans le stationnement. Il a les joues rouges et ses yeux brillent d'avoir respiré à fond l'air froid pendant des heures. Quand il entre, Mimi bondit sur ses pieds :

— Ah ! vous v'là, vous v'là, enfin ! J'étais inquiète.

— Vous ne devriez pas. Je me sens tellement bien. Je ne me suis pas senti aussi vivifié depuis longtemps.

— Vous avez l'air bien, c'est vrai.

— J'ai marché longtemps, ça m'a donné le temps de penser. J'ai pris plusieurs décisions.

— J'suis contente pour vous.

Puis, elle ne dit plus rien.

— Vous ne me demandez pas lesquelles ?

— Non.

En son for intérieur, elle se dit : « C'est pas l'envie qui me manque pourtant ! »

Rod semble déçu qu'elle n'insiste pas. Elle se dirige vers la cuisine :

— Avez-vous faim ?

— Non. Non, merci. Euh... Mimi ?

— Oui ?

— J'ai rencontré des chasseurs dans les bois. Ils venaient d'abattre un orignal.

— Vous voyez ! J'ai bien fait de vous faire porter la veste fluo !

— De le voir abattu, ça m'a donné un choc. J'ai cru un moment que l'orignal me regardait.

Mimi ne peut s'empêcher de rire :

— Vous auriez pas pris un p'tit coup en cachette par hasard ?

Contrarié, Rod lui fait signe que non. Il n'arrive pas à

exprimer avec justesse ce qu'il a ressenti. Il y renonce et s'éloigne.

⋮

Par la fenêtre de sa chambre, Rod regarde la forêt.
Toutes les questions qui le tenaillent depuis le début de sa maladie sont exacerbées par l'inertie de sa situation au motel.
Sa marche dans les bois lui a fait le plus grand bien.

Il prend une profonde respiration, se sent prêt maintenant à poursuivre son combat.
Il est extrêmement lucide : « Je vois mon avenir maintenant. Clairement. »
Il fait quelques exercices de respiration, des étirements, en regardant la nature sauvage par la fenêtre.
Curieusement, cela l'inspire, lui, le citadin, l'habitué des grandes capitales.
Il teste un peu son « instrument », fait quelques vocalises.
Ah, sa voix est mieux aujourd'hui.

Il sort de sa valise un lecteur de musique et de petits haut-parleurs Bluetooth. Il fait jouer des pistes vierges de la musique de *La Bohème* et se met à chanter.

Le contre-ut, ce ne sera pas pour aujourd'hui, mais pour le reste, la voix tient bien le coup. Ça viendra, ça viendra, il ne faut rien brusquer.

Pourtant, il ne peut s'empêcher d'y mettre de l'ardeur.

Il y arrive, il va y arriver.

Il est tout à fait heureux.

Face à la fenêtre, il oublie tout ce qu'il déteste de sa chambre.

Avec le soleil de l'ouest qui entre à l'horizontal par les fenêtres et qui l'éblouit comme les projecteurs sur scène, il n'est plus à Rayon-de-Lune, mais au chaud sur une scène, dans les bras d'un public qui s'émeut dans le noir.

Et sa voix vibre, son corps redevient un instrument utile.

Sa vie reprendra bientôt son cours, il le sent.

⋮

Sur le sofa à l'entrée, Mimi s'amuse à gratter sa guitare western lorsque la force du chant lyrique de Rod se rend jusqu'à elle. Elle fige une seconde, puis se lève, s'approche du corridor. D'autres nuances de modulation lui parviennent : suaves, délicates, accentuées… Elle est renversée, émerveillée : « Mais c'est don' beau ! Ça sort d'un corps humain, ça ? »

Plus que tout au monde, elle veut se rapprocher de cette voix.

Comme une mite attirée par la lumière.

Elle s'empare de son attirail de nettoyage des chambres et fait rouler son chariot lentement dans le corridor. Elle avance au rythme de la musique d'opéra, de la voix de ténor de Rod qui l'attire comme le chant des sirènes.

Du coup, elle se sent devenir une héroïne, une tragédienne. Son cœur bat plus fort. À chaque pas, la voix de Rod s'enfonce en elle, de plus en plus puissante, envahissante. Des larmes roulent sur sa joue. Elle sait qu'il ne restera pas au motel quand sa voiture sera réparée : « J'avais pas besoin qu'il vienne me chavirer le cœur, j'étais bien avant de savoir qu'il existe... »

Elle renifle, de plus en plus peinée. C'est tellement beau ce qu'elle entend qu'elle ne peut s'empêcher de continuer d'avancer, d'arriver à la porte, de mettre la main sur la poignée. *Non, Mimi, n'ouvre pas*. Elle met l'autre main sur son cœur pour en comprimer les battements effrénés. La musique est en crescendo. Mimi en a le souffle coupé. La musique atteint son paroxysme. Mimi va mourir si elle n'ouvre pas. Puis Rod se bute à une note que sa voix, mal remise, ne peut pas atteindre.

Derrière la porte, elle entend un cri, un « Ah ! » enragé.

Le charme est rompu. Toute la tension retombe d'un coup.

Mimi peut enfin ouvrir les yeux et respirer.

Troublée, elle vacille quand Rod ouvre la porte pour sortir de sa chambre. En la voyant, il est très agacé :

— Tiens, vous étiez là, vous ? Vous m'écoutiez ?

Prise au dépourvu, toujours troublée, Mimi bafouille :

— Je... J'viens juste d'arriver. J'm'en venais faire la chambre.

— Me semble, oui. Vous êtes venue écornifler pendant que je chantais.

— Ben... j'ai pas pu m'en empêcher ! C'est tellement beau ce que vous chantiez...

Il la bouscule.

— Je vous ai toujours dans les pattes. Je ne veux pas être dérangé !

— C'est l'heure où je fais les chambres.

— C'est pas LES chambres ! Il y a seulement une chambre à faire ! La mienne.

— J'peux pas attendre toute la journée. J'peux pas deviner combien de temps vous allez chanter. J'ai pas juste ça à faire, moi, attendre après vous.

— J'étais sorti pendant cinq heures, vous auriez pu la faire pendant mon absence.

Cette fois, Mimi ne trouve rien à répondre. Elle concède :

— OK... oui. Mais si je suis venue vous écouter, c'est parce que je trouvais ça beau...

— Beau ? Eh bien ! Vous n'êtes pas difficile...

— Quoi ? Vous pouvez chanter mieux que ça ?

— Évidemment !

— Wow ! Ben moi, en tout cas, ça m'a prise là.

Elle place ses mains sur son cœur et son bas ventre.

Rod ignore le compliment. Il semble anxieux et change vite de sujet :

— J'ai besoin de téléphoner. Mon cellulaire ne fonctionne pas ici. Le téléphone dans la chambre non plus.

— C'est partout pareil dans le motel. Le téléphone marche pas.

— Vous avez vraiment le sens des affaires, vous !

— Il faudrait que j'appelle la compagnie de téléphone pour savoir ce qui se passe, mais je peux pas appeler parce que j'ai pas le téléphone !

— Ah, très drôle !

— J'essayais pas d'être drôle.

— Je vais aller au village dans ce cas.

— Le village est pas à porte. C'est à une bonne dizaine de milles... Vous voulez pas écrire au lieu ? J'ai des belles cartes postales. Je la donnerai au facteur quand il va passer.

— La poste ? C'est bien trop long !

— C'est quoi l'urgence ? Vous pouvez pas partir

d'ici tout de suite de toute façon. Venez avec moi au bureau, je vais vous montrer mes belles cartes postales.

Rod la regarde comme si elle était une extraterrestre. Il la suit en pestant à voix basse que ce motel est vraiment bloqué dans le temps. Cette impression s'accentue lorsqu'il arrive à la réception et que Mimi lui montre sa sélection.

— Pas mal rétro, vos cartes postales !

— Sont belles, hein ? Ces cartes-là datent de l'ouverture du motel en 1952. Je le disais toujours à mon mari que ça reviendrait à mode.

— Vous n'auriez pas du papier à lettre ? La carte postale est trop petite pour tout ce que je veux écrire.

— Tenez, avec une belle enveloppe !

Elle lui tend du papier et une enveloppe, jaunis par le temps. Mimi s'attarde près de lui. Elle fait mine de chercher quelque chose derrière le comptoir, n'importe quoi... jusqu'à ce que Rod s'impatiente :

— Vous n'avez pas une chambre à nettoyer, vous ?

— Oui, oui !

— Bien, allez-y.

— Oui, j'y vas là.

— Fouillez pas dans mes affaires surtout.

— Pour qui vous me prenez ? J'suis pas indiscrète.

Cette fois, Rod éclate de rire de bon cœur. Elle se sent à moitié pardonnée.

⋮

Mimi se rend dans la chambre. Mis à part les articles de toilette dans la salle de bain, tout le reste est soigneusement rangé dans la valise, que Rod a fermée... à clé. « Eh ! bien, la confiance règne », se dit Mimi.

La chambre n'a pratiquement pas été habitée. Elle retrouve dans la poubelle le bout de sa manche en coton tachée du sang de Rod, la manche dont elle s'était servie pour lui faire un pansement la veille... Ou était-ce avant-hier ?... Quand donc l'accident s'était-il produit ? Que c'est donc difficile de mesurer le temps qui passe quand, justement, il ne se passe rien dans une vie !

Elle constate qu'elle se sent bien depuis que cet homme étrange est venu meubler un peu son existence. Et pourtant, leurs conversations sont si difficiles et ils sont si différents tous les deux !

Elle pense à Marcel, qui finira bien par revenir... et les choses changeront à ce moment-là. Qu'est-ce qu'elle fera alors ?

Elle n'en a pas la moindre idée. Elle ne veut même pas y penser.

Rayon-de-Lune – 7

Rod écrit une longue lettre à son agent. Pour la première fois depuis sa maladie, il entrevoit le fil d'arrivée et se remet à faire des projets :

> *J'aurais voulu te téléphoner, mais je suis dans un coin perdu, dans un motel démodé et bloqué dans une autre époque. Il n'y a même pas le téléphone ! J'ai eu un accident de voiture, rien de grave, tout va bien, mais ma voiture doit être réparée et le mécanicien local est absent. Bref, une longue histoire, je te raconte tout ça plus tard.*
>
> *Depuis que je suis parti faire ce voyage pour me trouver, un voyage que tu as qualifié « d'insensé », je constate une fois de plus que je n'ai jamais été rien d'autre qu'un chanteur d'opéra. Que c'est tout ce que je sais faire et qui me rend heureux. Je suis prêt à tout pour reprendre ma place dans cet univers.*

Rod s'interrompt, le temps de réfléchir, puis reprend sa lettre en racontant ses progrès, son plan de remise en forme vocale, ses projets d'avenir pour sa carrière. Il aurait besoin que son agent sonde les intérêts des compagnies d'opéra qui pourraient avoir été refroidies par son cancer de la gorge. Il signe la lettre, la plie, la glisse dans l'enveloppe, qu'il scelle.

Sitôt après, Mimi surgit derrière lui, un peu essoufflée d'avoir vidé ses seaux, nettoyé la chambre et remisé son attirail de nettoyage :

— Vous avez fini ?

Rod fait oui de la tête.

— Donnez-la-moi. J'la donnerai au facteur quand il va passer.

— Merci.

Rod se dirige vers sa chambre d'un pas rapide quand Mimi le rappelle :

— Oh, monsieur ?

Il s'arrête net, irrité par le ton implorant de Mimi. Il respire à fond pour calmer son impatience, se retourne et lui demande le plus gentiment possible :

— Oui ?

— Ben... juste de même... J'me demandais si ça vous tentait de... ben, de souper avec moi à soir ?

L'esprit ailleurs, Rod tombe des nues :

— Quoi ?

— Souper ! Vous savez, quand on s'assoit à table pour manger le soir…

— Oui, oui ! Je sais bien ce que c'est, un souper ! Mais vous m'invitez à… À quoi au juste ?

— À souper ! À manger ! Je l'sais pas comment le dire autrement. Je prépare quelque chose, je vous dis quand c'est prêt pis vous venez manger avec moi. Juste de même.

— Vraiment ?

— Oui ! Une invitation toute simple… ! Pour être claire : ceci est une invitation a-mi-ca-le pour ne pas souper tu-seul chacun de not' bord, parce qu'on est tu-seul dans le motel pis qu'on n'a rien d'autre à faire de toute façon. J'vous demande juste un peu de compagnie. C'est tout.

Rod est amusé malgré lui par cette explication désarmante. Pourtant, sa réponse fait fuir la belle assurance et la bonne humeur de Mimi :

— Je ne peux rien vous promettre. Je vais marcher un peu. Je ne sais pas quand je vais rentrer.

— Rien promettre. OK, je vois.

— Vous comprenez, j'ai besoin de sortir, de penser. Je ne veux pas être forcé de revenir à une heure précise. Mais je ne dis pas non !

— J'comprends. OK. Ben, à plus tard d'abord. Bonne marche.

Elle détourne rapidement le regard et retourne tranquillement dans son bureau.

Rod a eu le temps de remarquer ses yeux humides. « Merde ! Quel gâchis ! Ce n'était pas pour lui faire mal. »

Il sort avec l'envie de fuir et de ne plus jamais revenir. Fuir l'image de Mimi en peine, image qui finira peut-être par s'effacer s'il parvient à se rendre assez loin de ce motel infernal.

Mais elle ne s'efface jamais, l'image qui fait mal, elle reste tapie dans l'ombre, prête à ressurgir quand on s'y attend le moins. Marche, marche, oublie tout, oublie-la...

Le soleil se couche vite en cette saison. Combien de temps lui reste-t-il dans la lumière ? Où ira-t-il cette fois ?

Des questions qui s'appliquent autant à sa marche du moment qu'à sa vie en général.

Il marche vite. Il en oublie Mimi... presque. « Ah, merde ! »

Il accélère la cadence, mais l'image de Mimi, de sa peine, persiste et s'impose, au point de prendre toute la place.

Récit d'Anaïs – 5

J'avais une envie très forte de refermer ce carnet avant d'arriver à la fin, de reprendre la route et de commencer un nouveau récit mettant en scène d'autres personnages. Mais je n'ai fait que tourner la page. Me retrouvant ainsi devant un nouvel espace blanc à remplir dans la même histoire.

Bobby avait réussi à me convaincre de ne pas partir tout de suite.
En échange, je lui ai demandé de me donner de l'air.
Car, oui, j'ai besoin de temps pour faire le point.

En temps normal, j'aimerais témoigner de ce monde étrange.
Il m'inspirerait.
Mais là, je n'aime pas que ses personnages, si intrigants soient-ils, m'aient entraînée avec eux au plus

fort de leur histoire. M'aient donné un trop grand rôle à y jouer. J'ai renoncé à cela, jouer un rôle, depuis longtemps.

Et puis, on dirait qu'ils m'imposent leur récit, sans tout me dire. En fait, ils me l'imposent en me cachant l'essentiel. Comme s'ils s'étaient révoltés contre moi, leur créatrice, et avaient pris le contrôle des situations.

June, par exemple.

Elle n'est pas celle que j'ai cru qu'elle était le soir de notre rencontre.

Elle n'est pas Mona Lisa, et je doute même de plus en plus qu'elle soit policière.

Dans mes pérégrinations, j'ai toujours l'espoir de rencontrer des gens qui m'aideraient à combler le trou dans mon histoire.

Pour un instant, j'ai cru que June pourrait le faire… Mais non. Son histoire à elle en est trop pleine, de trous, pour qu'elle puisse m'aider à remplir le mien.

Alors, quoi ? Je repars ?

Et que faire avec Bobby ? Je ne peux pas l'abandonner dans ce motel insalubre, surtout après ses confidences sur la maltraitance dont il serait victime de la part de sa mère.

Il doit bien y avoir un service d'aide à l'enfance dans ce coin de pays ?

Mais si June apprend que je me prépare à la dénoncer, comment va-t-elle réagir ?

Voudra-t-elle se venger ? Qui sait ? Me tirer dessus ?

Il y a aussi la possibilité que Bobby me mente.

Qu'il me manipule.

Il semble doué pour tirer les ficelles...

Décidément, tout n'est qu'horizon dans ce désert, et pourtant je suffoque.

Rayon-de-Lune – 8

Quand Rod rentre au motel, la nuit est tombée depuis un bout de temps.

Il est en sueur, survolté, un brin furieux, prêt à en découdre avec Mimi. Il pousse la porte d'entrée avec autorité, puis crie :

— Mimi !

Inquiète, elle sort rapidement de son bureau derrière la réception :

— Quoi ?

— Il faut qu'on se parle !

Mimi le regarde des pieds à la tête :

— Mon Dieu ! Qu'est-ce qu'y a ? Par où vous êtes passé ? Vous faites don' ben dur !

— C'est vous.

Elle ne comprend pas. À tout hasard, elle regarde derrière elle pour voir s'il y a quelqu'un d'autre, puis :

— Ben oui, c'est moi...

— Non, je veux dire… C'est à cause de vous. Que je suis comme ça.

— Avec l'air que vous avez, j'peux pas dire que c'est un compliment.

— Vous avez pleuré tantôt.

— Non.

— Oui. Puis c'est moi qui vous ai fait pleurer.

— Aye ! J'vous jure, vous… ! Vous vous voyez gros dans vot' soupe.

— Parlant de soupe, votre offre tient toujours ?

— Pour le souper ?

— Oui.

Mimi s'emballe, reprend vie :

— Mais… oui, oui !

— Rien de compliqué, là.

— J'vas nous préparer quelque chose vite, vite. Mais ça va être bon.

— Je vais me rafraîchir un peu.

Rod marche vers sa chambre en se disant qu'il est fou de se jeter dans la gueule du loup. Mimi, excitée, se précipite dans la petite cuisine adjacente à la réception. Il entend le bruit de casseroles qui s'entre-choquent. Et Mimi qui se met à chanter un de ses airs western :

> « Si j'avais su qu't'étais mort par en dedans
> J'aurais p'têt pu faire quelque chose…
> La, la, la… hum, hum, hum, hum…

Mimi baisse un peu le ton et il n'entend plus les paroles pendant quelques secondes.

Puis, elle reprend de plus belle...

« J'aimerais juste t'entendre siffler pis vivre
Juste entendre une autre fois ton rire... »

Rod referme la porte de sa chambre en souriant avec indulgence.

⋮

Autour d'un repas simple et savoureux, Mimi raconte une partie de son histoire à Rod. Elle et son mari étaient arrivés à Rayon-de-Lune avec l'idée de rebâtir leur vie. Ils avaient acheté le motel, qui avait besoin d'être retapé. Aujourd'hui, Mimi sait qu'elle aurait dû être plus prudente. Son mari n'avait jamais été très habile de ses mains. D'ailleurs, il avait fini par tout lâcher et repartir, découragé par l'ampleur de la tâche d'entretenir et de gérer un motel.

— Il est parti pour de bon ?

— Oh, oui ! Pas de chance qu'il revienne.

— Désolé.

— Bah ! Qu'est-ce que vous voulez ? Je devrais pas dire ça, mais c'est mieux de même. Ça marchait pus fort entre nous deux en dernier.

Le silence retombe.

Tout au long du repas, la conversation, polie, s'est allumée sur des sujets pour s'éteindre presque aussitôt. L'heure tardive et l'étrangeté de leur situation les isolent encore plus dans leurs univers solitaires. Mimi reprend d'une voix mal assurée :

— Je suis encore toute à l'envers en pensant à votre chanson.

Rod la remercie d'un sourire gêné en la corrigeant tout bas :

— Aria.

— Pardon ?

— Aria. Un air populaire en opéra. Ça s'appelle une aria.

Mimi fait signe qu'elle comprend, puis :

— Vous avez pas fini votre assiette.

— Ma deuxième assiette ! J'ai eu les yeux plus grands que la panse.

Il a l'air songeur. Mimi s'en rend compte et l'interroge :

— Quelque chose qui va pas ?

— Non... Oui ! Pour être franc, j'ai des drôles d'impressions depuis que je suis ici.

En gardant les yeux baissés sur les restes de son assiette, qu'elle remue avec sa fourchette, Mimi suggère :

— C'est parce que vous êtes dans un monde qui vous ressemble pas pantoute.

— C'est ce que je croyais au début. Mais il y a autre chose.

— J'aimerais vous aider, mais j'vois pas c'que...

— Puis voyez-vous, justement... Je sens que tout ça se rapporte à vous, Mimi.

Elle tempère :

— Un motel vide, ça peut faire ça. Ça fait imaginer des choses. Comme dans le film avec Jack Nicholson...

— Oui, oui, je sais. *The Shining*. Mais ce n'est pas ça... Je n'arrive pas à nommer ce que je sens.

À nouveau, le silence tombe. Mimi se lève pour desservir la table. Rod se lève et l'arrête :

— Non, laissez, je vais débarrasser. Vous en avez déjà assez fait.

— Ben d'abord, je vais sortir ma guitare. Inquiétez-vous pas, je jouerai pas fort.

— Pourquoi ? Vous êtes chez vous. Jouez comme vous jouez d'habitude.

— Ça vous dérangera pas ? Un grand chanteur d'opéra comme vous ?

Rod dépose sur la table la vaisselle qu'il venait de ramasser, marche vers Mimi et l'embrasse gentiment sur la joue :

— Chanter l'opéra, ça ne m'empêche pas de m'intéresser à autre chose. Vous savez, j'ai des amis qui chantent du blues, du folk, des chansons françaises, populaires, reggae, rock, et j'en passe... Vous serez ma première amie chanteuse country... Merci pour le bon repas.

Désarçonnée, Mimi le regarde desservir comme s'il n'avait rien dit ou fait d'important.

Elle murmure sans qu'il l'entende : « Votre première *amie* chanteuse country... C'est là que vous allez me faire pleurer ! »

Rod, qui repartait vers la cuisine avec sa pile de vaisselle sale dans les mains, s'arrête devant Mimi, toujours figée :

— Vous ne jouez pas ? J'aime écouter de la musique quand je fais la vaisselle.

— C'est que... je m'attendais pas à ça. J'suis nerveuse, là.

— Voyons donc ! Depuis que je suis ici que vous me jouez des bouts de chanson.

— Mais c'était pas pareil. C'était pour vous faire comprendre que vous étiez sur mon territoire...

— Je l'avais compris... !

— Mais là, vous VOULEZ m'écouter.

— Ah, allez-y Mimi !

Et il disparaît dans la cuisine.

Mimi s'essuie les yeux et le nez qui coulent un peu, assèche les paumes de ses mains en les frottant sur son pantalon, prend sa guitare à quatre cordes, s'assoit sur le sofa défraîchi. Ses mains tremblent. Elle essaie de reprendre son souffle. Elle renifle. Elle accorde mala-droitement l'instrument handicapé.

Rod fait couler l'eau dans la cuisine. Elle se dit :
« Avec le bruit de vaisselle, il ne m'entendra pas. »

— Et puis ? Ça vient, cette chanson ?

Torturée, Mimi cherche quoi chanter, puis se sou-vient d'une chanson. Elle inspire profondément afin de se calmer, regarde le monde extérieur par les portes vitrées afin de rester bien concentrée, puis se lance :

La place est don' ben froide
Au fin fond de ma nuit
J'ai eu le cœur brisé
C'pour ça qu'j'ai tout cassé

Des nuits, j'ai tant pleuré
Après qu'c'est arrivé…
J'n'avais rien vu venir
J't'ai même pas vu partir

C'est dans le noir
Dans le plus grand noir
Que j'ai tout' chanté
La fin de not' histoire

Mimi arrête de jouer quand Rod revient en s'essuyant les mains. Il lui demande :

— Pourquoi vous arrêtez ? C'est beau, ça. C'est bien chanté aussi…

Il s'interrompt en voyant la guitare :

— Mais... quelle sorte d'instrument avez-vous là ?

— Une guitare.

— Oui, je le vois bien ! Mais à quatre cordes ?

— Pis après ?

— Comment faites-vous pour jouer avec juste quatre cordes ?

— Ben là ! Je joue, c'est tout... Ç'a pas besoin d'être compliqué, la musique.

— Pfff ! La musique, ça ne peut pas être n'importe quoi.

C'était une réaction spontanée. Rod ne voulait pas être méprisant, mais Mimi le prend très mal et se lève, bat en retraite :

— Bon, je le savais que j'aurais pas dû jouer ! Pour vous, ma musique, c'est n'importe quoi !

— Je n'ai jamais dit ça ! Je parlais de votre instrument.

Cherchant à se reprendre, il l'implore :

— Continuez... s'il vous plaît !

— Non, j'veux pus.

L'air buté, elle repart avec sa guitare vers la réception. Rod l'arrête au passage en la prenant par le bras et il lui dit doucement :

— Tout ce que je voulais dire, c'est que vous devriez vous acheter six cordes neuves.

Elle se dégage :

— C'est pas facile à trouver par ici. Puis j'aime mon son à quatre cordes...

Rod approuve avec sincérité :

— Moi aussi.

L'air de Mimi change. Elle est ravie. Elle caresse le manche de la guitare.

— C'est une bonne guitare Yamaha, qu'il m'avait achetée quand on est arrivés par ici.

— Votre mari ? C'était pour lui, la chanson ?

— C'était certainement pas pour vous, en tout cas !

Ils éclatent tous deux de rire. Ils s'arrêtent net lorsqu'ils sentent une certaine attirance. Ils ont du mal à détourner les yeux jusqu'à ce que Mimi, songeuse, tourne son regard vers l'extérieur. Elle reprend sur un ton sérieux :

— Vous savez, même si je suis bien mieux sans lui, il reste des choses...

— Oui. On ne se débarrasse pas de nos souvenirs et des émotions qu'ils suscitent comme si c'étaient des déchets à mettre au chemin toutes les semaines.

— Ma guitare, c'est le seul cadeau qu'il m'a fait que j'ai gardé. Pis j'imagine que toutes mes chansons parlent de lui.

— Probablement. On peut seulement décrire ce qu'on connaît.

— Pis vous ?

— Moi ? Je n'écris pas, moi. Je chante. J'interprète. Je

me mets dans la peau des autres.

— Oui, mais, vous devez y mettre du vôtre, non ?

— Évidemment. Mais je ne me vois pas en train de déballer mes émotions dans des chansons que j'aurais écrites.

— Vous aimez garder vos secrets. Moi, je suis un livre ouvert.

— Pourtant, les livres ouverts ont des secrets aussi. Souvent bien plus profonds.

Il la dévisage avec intensité. Elle détourne le regard. Il revient à la charge :

— On n'est pas si différents. Quand je vous pose des questions trop personnelles, vous ne me répondez pas.

— Parce que, des fois, j'ai pas les réponses.

— Je ne vous crois pas. Vous jouez toujours le même petit jeu. La petite huître qui se referme. Vouit ! Dès qu'elle est sur le point de révéler quelque chose.

Agacée, Mimi lève les yeux vers lui et serre les lèvres pour ne pas répondre. Rod soutient son regard, un sourire narquois aux lèvres qui la fait presque sortir de ses gonds.

Elle se demande si elle n'aimait pas mieux le Rod qui la tenait à distance que celui qui tente de percer ses secrets. Elle coupe court à la conversation en éteignant la lampe derrière le bureau de la réception :

— Y est tard. J'suis vraiment fatiguée. J'm'en vas me coucher. Vous ?

Frustré de rester sans vraies réponses à ses questions, Rod ne lui répond pas. Il hausse les épaules avant de se diriger vers sa chambre.

Rayon-de-Lune – 9

Étendu sur son lit, Rod est déçu que la soirée se soit terminée ainsi. «Pourtant, j'avais les meilleures intentions du monde. Dès qu'elle a sorti sa guitare, Mimi a changé.»

Ses yeux tombent sur le cadran numérique. 12 h 34. Encore! Jour ou nuit, c'est à croire qu'il est toujours 12 h 34 dans cette chambre. Il tourne et se retourne dans son lit. Le matelas est mou. Les oreillers n'ont plus de volume, ils se sont aplatis comme des galettes avec le temps. Il n'arrivera jamais à dormir!

Puis une idée le frappe: «Mimi était fatiguée, elle. Elle doit dormir.»

Il se redresse et bondit sur ses pieds, sort de la chambre.

Il avance à pas feutrés vers la réception, bien décidé à faire sa petite enquête, sans trop savoir ce qu'il cherche.

Le motel est plongé dans la pénombre. Dans le corridor, de petites lampes éclairent à peine.

À la réception, un rayon de lune plonge à travers les grandes portes vitrées.

Il se risque derrière le comptoir. Quel fouillis ! Du papier, encore du papier. Et ça, c'est... Un vieil ordinateur personnel, un VIC-20 ! Encore un objet hors du temps. Il lit quelques papiers, des factures vieilles de quarante ans. Il fouille un peu plus. Il y a de vieux journaux aussi, qui remontent à 1982. « Visite de la reine pour le rapatriement de la Constitution ». N'y a-t-il donc rien de plus récent ici ?

Soudain, Rod arrête de fouiller, envahi par un sentiment de honte : « Qu'est-ce qui me prend de fouiller dans ses affaires ! Ça ne me ressemble pas du tout ! »

Il a peur que Mimi le découvre. « C'est sûrement le genre de personne qui ne dort que d'un œil. » Il n'ose pas s'aventurer jusque dans le bureau derrière la réception – dont la porte est fermée – et décide de retourner dans sa chambre.

C'est à ce moment qu'une voix s'élève du sofa dans la pénombre :

— Vous cherchez quelque chose ?

Rod sursaute, bafouille :

— Je ne pouvais pas dormir. Je...

— Vous avez trouvé quelque chose d'intéressant ?

— Je cherchais un livre. Et puis, peut-être aussi un autre oreiller.

Mimi ne se montre pas, mais Rod l'entend dire sur un ton neutre, ni indigné ni fâché :

— Vous êtes pareil comme moi. Vous voulez savoir qui je suis, autant que je veux savoir qui vous êtes.

— Je... je ne sais pas ce que je cherchais... ce que je cherche. Je ne comprends pas ce qui se passe. Je veux juste comprendre ce qui se passe.

— Vous pensez que vous allez le découvrir en fouillant dans mes affaires ?

— Je les trouverais où, les réponses, autrement ?

— Pas dans mes vieux papiers, en tout cas.

Rod s'énerve un peu :

— Si vous, vous n'avez pas les réponses... qui les aurait ?

Elle ignore sa question :

— Allez vous coucher. C'est toujours ce qu'on finit par faire dans un motel.

— Comme si je pouvais dormir !

— Ben oui, ben oui.

— Puis vous ? Vous ne dormez pas ? Vous étiez supposément très fatiguée.

— J'dors par petits coups, moi. Toujours été comme ça. Une chance parce que, avec le motel, j'peux me faire déranger à toutes les heures du jour et de la nuit. La plupart du temps, je m'endors ici sur le sofa en regardant le rayon de lune. J'ai toujours trouvé ça beau. Ça me repose.

Son ton est si calme et détaché que Rod ne la reconnaît plus.

— Pourquoi vous m'avez laissé faire quand je fouillais à la réception ?

— Mais, mon cher monsieur, j'ai rien à cacher... ! Allez vous coucher, j'vous dis. Venez, j'vais vous donner un autre oreiller.

Récit d'Anaïs – 6

Toujours très préoccupée par ce qui passe entre Bobby et June, j'ai décidé de rester une autre nuit.
Mais je m'installe dans ma camionnette, car j'ai besoin de mon espace.

⋮

Tard dans la nuit, j'entends des voitures qui arrivent au motel.
Intriguée, je me redresse sur ma couchette pour observer.

Je reconnais d'abord l'autopatrouille de June, qui est suivie d'une vieille *station wagon* d'où sort une famille de trois personnes, dont un garçon un peu plus vieux que Bobby.
Tout le monde entre dans le motel.

Cette scène ressemble étrangement à celle que j'ai vécue quand j'ai rencontré June.

J'ai envie d'aller voir ce qui se passe à l'intérieur. Je suis curieuse de savoir qui sont ces gens. De savoir si June les connaît. Ce qu'elle leur trouve.

Bizarrement, ça me dérange tout à coup que June s'intéresse à d'autres. Je sens un pincement... on dirait un brin de jalousie...

⋮

J'entends un léger tapotement sous ma fenêtre sur le côté de la camionnette et une petite voix qui murmure :

— Anaïs ? Tu dors ?

C'est Bobby, évidemment. Décidément, il ne se couche jamais lui ? Nuit et jour, il apparaît sans crier gare. Je réponds en soupirant :

— Plus maintenant...

Il réplique d'une petite voix sincère :

— Désolé.

De guerre lasse, j'ouvre les portes arrière de la camionnette.

— Entre !

Bobby reste dehors, hésitant :

— Vraiment, Anaïs ?

— Oui. Vraiment.

Il se glisse à l'intérieur, à la fois ravi et appréhensif.

Il s'assoit dans un coin, regarde tout l'intérieur de la camionnette, sourit devant mes quelques décorations, les petits rideaux aux fenêtres, puis affirme simplement :

— J'aime.

Il remarque près de lui ma boîte de carnets et tend la main pour en prendre un.

Je m'écrie instantanément :

— Non ! Ça, tu n'y touches pas !

Il suspend son geste, l'air coupable. Il ne dit plus rien, comme si je l'avais puni.

Ce n'était pas mon intention et je lui explique :

— C'est très personnel, tu comprends.

Il fait oui de la tête.

— Pourquoi t'es venu me voir ?

— June recommence.

— Qu'est-ce que tu veux dire ?

— Ces gens ! Ces gens bizarres qu'elle ramasse sur la route et qu'elle emmène au motel.

— Je suis l'une de ces personnes, Bobby.

— Oui ! Mais toi, c'est pas pareil.

Il semble contrarié que je l'aie interrompu.

— Tous ces gens... Veux-tu savoir pourquoi elle les attire au motel ? C'est parce qu'elle ne veut pas de moi autour d'elle !

— Voyons, Bobby...

— Il faut que je parte avec toi, Anaïs. Il le faut.

Il n'a pas l'air de comprendre que, malgré toute l'affection que je lui porte, je ne peux tout de même pas l'enlever à sa mère ! Il accentue la pression sur moi :

— On pourrait partir tout de suite. Et personne ne le saurait.

— June le saurait ! Elle partirait après moi et m'arrêterait pour enlèvement !

— Tu ne comprends pas : elle s'en fout ! C'est tout ce qu'elle veut, que je parte !

— Bobby, c'est de ta mère que tu parles ! C'est normal de penser, parfois, que notre mère ne nous aime pas, qu'elle...

— Arrête de parler de ce que tu ne connais pas, Anaïs !

Sa réplique a claqué comme un fouet. Je me tais en secouant la tête d'impatience.

— Tu vas t'en aller sans moi, hein Anaïs ?

Je suis incapable de lui répondre. Il se lève pour sortir de la camionnette, puis dit sur un ton glacial, pour me provoquer :

— Je ne compte pas pour toi.

— C'est faux ! C'est même parce que tu es là que je ne suis pas déjà partie.

— Pas encore !... Et si je te demandais de rester ? Pour me protéger de June ? De Will ?

À bout de patience, je lève les yeux au ciel :

— Mais je n'ai pas ce pouvoir !

— Tu n'aurais qu'à dire à June que tu veux t'occuper de moi et elle serait d'accord.

— Voyons donc !

— Essaie-le ! Tu vas voir !

— Arrête ! C'est complètement ridicule.

— Tu ne sais pas qui est June vraiment...

— Tu as raison, je ne le sais pas. Je ne sais pas qui vous êtes tous, et ce que vous me voulez !

— Viens voir ! Viens voir qui elle a ramené ce soir. Et pourquoi. Et ce qu'elle va leur demander.

— Non.

Pourtant, j'en meurs d'envie. Bobby insiste :

— On sera cachés, personne nous verra. Tu vas voir que June n'est pas normale.

⋮

Nous entrons discrètement dans le dortoir-vestiaire où j'avais passé ma première soirée au motel. Bobby connaît tous les coins sombres de la pièce et nous glissons d'une zone d'ombre à l'autre jusqu'à ce que nous trouvions refuge dans un garde-robe à l'abri des regards. En mon for intérieur, je suis mal à l'aise d'épier June et les autres. Ce n'est pas le cas de Bobby. Je m'aperçois qu'il en a l'habitude et qu'il a dû faire exactement la même chose le soir où je suis arrivée.

La famille converse avec June.

Will, à l'écart, aspire la fumée d'un joint.

La mère répond d'une manière hésitante à une question de June :

— Oui, nous avons de la place pour lui, mais...

— Vous pourriez passer quelques jours ici, faire sa connaissance.

La voix de June est implorante. Bobby murmure à mon oreille :

— Tu entends ?

— Chut !

— Je déteste Will. C'est à cause de lui si nous en sommes là.

— Pas si fort, Bobby !

Après avoir écrasé son joint, Will se dirige vers June et l'entraîne à part, non loin de l'endroit où nous nous trouvons. Même s'ils murmurent, je peux très bien les entendre. Will demande à June :

— Et puis ?

— Ça pourrait marcher. C'est une bonne famille.

J'ai peine à croire ce qu'ils viennent de dire. Je ne veux pas sauter aux conclusions, mais Bobby semble avoir raison quand il prétend que June cherche à se débarrasser de lui.

Will sort de la pièce. L'air grave, Bobby décide de le suivre.

Moi, je reste là, car je veux en apprendre plus sur June et la famille.

Mais quelques secondes plus tard, du corridor, Will lance un cri de mort :
— June !...
Tout le monde se précipite à l'extérieur de la grande pièce.
Dans le corridor, Bobby est penché sur Will, étendu au sol, et le regarde d'un air malicieux. Will s'écrie, terrifié :
— Il m'a attaqué ! Il m'a fait tomber !
Will sue à grosses gouttes et empeste plus que jamais. Il a l'air misérable et grotesque d'être ainsi terrorisé par un gamin.
June foudroie Bobby du regard et lui ordonne :
— Va-t'en ! Laisse-le tranquille une bonne fois pour toutes !
Planté devant June, effronté, Bobby se bouche les oreilles en secouant la tête et en criant :
— Je ne t'entends pas, je ne t'entends pas, je ne t'entends pas, je ne t'entends pas... !
Je n'ai jamais vu Bobby agir de la sorte, comme une véritable furie.

Choqués, l'homme et la femme se regardent et se font un signe de tête de connivence. Leur fils dévisage

Bobby, qui lui fait une grimace. La femme dit à June :
— Désolée. Pour votre demande, c'est non. On ne peut pas vous aider.
Toute la famille sort du motel sans attendre la riposte de June.

La famille partie, Bobby cesse tout de suite son manège et déguerpit, fier de son coup.

June aide Will à se relever. En larmes, incontrôlable, Will lui répète :
— J'en peux plus ! Il va me rendre fou, June... Complètement fou !

Je reste figée dans le corridor, assommée par tout ce que je viens de voir et d'entendre.
June lève la tête et me voit.

On se regarde une seconde, puis je sors à mon tour, sans qu'elle me retienne.

Récit d'Anaïs - 7

Dans leur *station wagon*, la famille commente la scène qui vient de se dérouler sous leurs yeux. Ils m'aperçoivent lorsque je sors du motel. Mon désarroi doit être bien visible, car du siège du passager, la femme m'envoie de la main un signe d'encouragement.
Puis, la *station wagon* démarre et disparaît sur la route.

Je vais faire la même chose. En profiter pendant que Bobby n'est pas là.
Même si je meurs d'envie de lui dire au revoir, je dois partir d'ici. Tout de suite, avant qu'il ne me rejoigne et me fasse une crise à faire trembler le cosmos.

Il fait nuit encore, mais une lueur commence à poindre à l'horizon.
Je monte dans la camionnette et, pour ne pas faire de

bruit, je ne referme pas la portière.

J'allume le moteur, les yeux fermés, comme si cela suffisait à démarrer en silence.

Je rouvre les yeux.

Bobby ne s'est pas montré.

Je ne sais pas si je suis triste ou soulagée.

Car malgré tout ce qui vient de se passer, j'aime ce gamin.

La camionnette prend la route. Je ferme la portière.

Puis, dans le rétroviseur, je le vois.

Il vient d'apparaître.

Il court sur la route, dans la poussière, un bras tendu vers moi.

Sa bouche ouverte semble crier mon nom.

A-NA-ÏSSE !

Je noie son appel au secours dans le blues que crache la radio de ma vieille camionnette.

Fuck, fuck.

Shit, shit.

Je ferme les yeux, je pèse sur le gaz.

La camionnette crisse sa douleur.

Plus j'essaie de ne plus voir Bobby, plus je ne vois que lui.

Je rouvre les yeux. Il n'y a plus personne dans le rétroviseur. Bobby a abandonné la course.

Je ralentis, mais j'enfile des kilomètres entre nous,

avant de m'arrêter sur un petit chemin de traverse, le temps de reprendre mon souffle.

Derrière, la poussière soulevée par le passage de ma camionnette danse joyeusement dans le rétroviseur avant de retomber dans un silence sinistre.

C'est fini. Cet épisode est fini. Ça me pince dans les tripes. Les départs, les fins, c'est toujours ça le pire.
Le vide.
Je sens la brûlure qu'a laissée en moi ce pays trop chaud.

⋮

J'anticipe déjà les prochaines minutes dans ma tête.
Je vais me taire, serrer les dents, regarder droit devant.
Mes yeux seront limpides pendant des dizaines de kilomètres.
J'écouterai des blues pour effacer Bobby de mon esprit et pleurer autre chose que lui.
Ça ne servira à rien, car il sera pour moi tous les personnages des chansons tristes.

En très peu de temps, ce gamin a su m'impressionner, me fasciner, me séduire, me faire peur aussi. Tour à tour enfant qui joue des jeux, grand frère qui partage son jardin secret, fils en conflit avec sa mère, mais surtout, confident attachant, du moins jusqu'à cette explosion... effrayante, inattendue, incompréhensible...

Avant de reprendre la route, je confie à mon carnet :

> *J'aurais aimé rester à l'écart pour observer et témoigner de ce monde étrange, mais j'ai été jetée bien malgré moi au cœur de l'action.*
> *Le monde est mal fait. June a un fils dont elle ne veut pas. Bobby a une mère qu'il déteste. Moi, je suis tombée sous le charme d'un gamin qui ne pourra jamais être mon fils.*

Pendant un temps – je ne sais trop combien d'heures ou de jours – je roule sans destination. Je vois des noms sur les pancartes, mais ça ne reste que des noms sur des pancartes.

Fayetteville, Arkansas.
Je m'y arrête brièvement, je sors mon carnet et j'essaie d'écrire quelque chose. En vain.
Les pages du carnet vont rester blanches aujourd'hui.

Chattanooga, Tennessee.
Je m'efforce de m'intéresser à d'autres personnes, mais tout ce que je vois me rappelle mon passé récent. En observant un petit garçon et sa sœur jouer à la

cachette devant leur maison, je pense inévitablement à Bobby.

Comment va-t-il ?

June essaie-t-elle toujours de le « placer » ?

Est-ce que j'aurais dû l'écouter et l'emmener avec moi ?

Ce sont de bonnes questions.

Mais quand je repense à cette crise qu'il a faite à June...

Louisville, Kentucky.

Enfin, je parviens à écrire quelque chose :

> *Le nom de Cassius Clay me vient en tête. Mohammed Ali serait-il venu ici un jour ?*
>
> *Comme un boxeur sonné, je vais tout croche.*
>
> *Je ne trouve plus mon coin.*
>
> *J'ai perdu la cohérence de mes idées.*
>
> *Je sais seulement qu'il faut que j'avance dans mon histoire comme dans un combat.*
>
> *Combat contre qui ? Contre moi-même, la vie, la mort, le destin ?*
>
> *Contre ce trou dans mon histoire que je n'arrive pas à combler ?*
>
> *Je vis et dors dans ma camionnette.*
>
> *Je n'en sors que lorsque j'y suis obligée.*
>
> *Je n'ai plus le goût de rencontrer des gens.*
>
> *J'écris fiévreusement des émotions crues jetées sur le papier.*

Sans queue ni tête, sans fin ni début.
Je ne sais plus pourquoi, comment et où a commencé
mon voyage.

Je me souviens d'être partie parce que je voulais écrire,
puis...
J'ai pris tellement de détours.
Je peste contre moi-même, contre mon incapacité à
prendre une voie et à la suivre jusqu'au bout.
Je n'ai pas l'éternité pour la finir, cette histoire.
Comme ça doit être rassurant de voir clairement la
ligne devant.
D'avoir la confiance de prendre sans crainte un
détour, sachant qu'on la retrouvera, sa ligne droite.

C'est pour dire que l'écriture, on ne sait jamais où ça
mène.
Et si je voulais me rendre nulle part, j'ai réussi.

Rayon-de-Lune – 10

Plusieurs jours ont passé.

Depuis la nuit de la fouille à la réception, Rod et Mimi se côtoient, mais gardent leur distance. Et cela, même s'ils ont découvert qu'ils ont une passion commune pour les cartes, et le crib en particulier. Ils se sont lancés dans un tournoi interminable pendant lequel ils remplacent leurs conversations par des constats dépités de « 15-2, 15-4 et c'est tout » ou des exclamations triomphantes de « 15-2, 15-4, 15-6, 15-8... 15-10, 15-12, paire-14, pis deux suites de 4-22 ! ».

Comble de malheur pour Rod, il pleut depuis trois jours à Rayon-de-Lune. Il ne peut plus marcher dans les bois pour se changer les idées. Pour ne pas rester inactif (et quand le cœur lui en dit), il aide Mimi à vider les seaux dans les chambres où le toit coule. Il fait lui-même sa chambre maintenant. Il ne prend plus la peine de se raser. Le ténor a maintenant des allures de baryton. Il continue à entraîner sa voix quotidiennement. Et pour se faire pardonner la nuit de la fouille, il permet à Mimi de l'écouter... mais de l'extérieur de la chambre, la porte fermée, afin qu'elle ne le distraie pas.

Entre deux parties de cartes, Rod se lève, s'étire un peu. Impatient, il regarde dehors par les deux grandes portes vitrées :

— C'est à se demander quand la pluie va s'arrêter !

— Ouin, c'est plate ! Mais ce qui l'est moins, c'est que je mène le tournoi de crib 37-29 !

— Évidemment, ça vous réjouit !

— Ben, oui ! Surtout que ça vous dérange...

— Mais non !

— Oh, oui ! Vous êtes tellement compétitif ! Pis mauvais perdant.

— Franchement ! Regardez-vous donc avant de parler. Moi, je ne fais pas de petites danses à chaque fois que je gagne une partie.

— Non !... Mais vous bombez le torse comme un coq orgueilleux... comme un vrai chanteur d'opéra !

Subitement, aux mots « chanteur d'opéra », Rod se rappelle la lettre qu'il avait écrite à son agent. Il réalise qu'il n'a jamais vu passer le facteur...

— Mimi, j'y pense... Ma lettre. Vous l'avez remise au facteur ?

— Euh... non. Y est pas encore passé.

— Comment ?

— Il passe seulement quand il a des lettres à me porter. Je reçois pas du courrier tous les jours.

— Mais ça fait des jours que j'ai écrit la lettre !

— Oui !... Mais je reçois pas beaucoup de courrier.

Rod contient mal sa rage :

— Donnez-moi ma lettre ! Je vais aller la poster moi-même au village !

— Mais il pleut, pis c'est loin.

Il monte le ton :

— Je m'en fous ! Je pensais que ma lettre était déjà partie et qu'elle pouvait même être déjà rendue. Et là, j'apprends que je ne suis pas plus avancé qu'avant !

Il fulmine. Mimi se fait toute petite. Quand il est comme ça, elle préfère ne plus lui parler. Rod est encore plus irrité par son silence. Il grommelle : « Quand on dit qu'on va faire quelque chose, on le fait ! J'en ai assez des promesses non tenues et... »

Il poursuit son monologue à voix basse, carburant à la passivité coupable de Mimi. Comme une enfant prise en faute, elle serre rapidement les cartes et le jeu de crib, en évitant le regard courroucé de Rod.

Elle se rend dans son bureau et en ressort avec la lettre.

Elle la glisse en direction de Rod sur le comptoir. Sans le regarder, elle murmure : « Je m'excuse », puis retourne tout de suite dans son bureau en refermant doucement la porte.

Rod n'a jamais vu Mimi aussi désarmée. Sa colère tombe d'un coup.

Il prend la lettre, la triture, puis regarde la porte close du bureau.

Il a presque envie d'aller s'excuser, mais résiste.

Cette fois, il ne veut pas se laisser attendrir.

⋮

Il se prépare à affronter la pluie pour se rendre au village. Mais au moment où il va sortir, le soleil perce enfin les nuages.

Heureux, il se met à fredonner.

⋮

Par la fenêtre de son bureau, Mimi le regarde partir. Elle sait que les choses vont changer maintenant, se bousculer. Elle soupire. Les derniers jours, en plusieurs occasions, Rod avait été si charmant...

Ce sera bien difficile de voir se terminer ce chapitre d'un autre visiteur qui la quitte.

⋮

Rod marche à grands pas, redevient l'homme pressé qui a une carrière et des choses à réaliser. Arrivé sur les lieux de l'accident, il constate que sa voiture n'y est plus.

Excité, il rentre au motel en courant pour en parler à Mimi.

⋮

Elle le voit revenir. Elle sait ce qu'il a découvert. Elle voudrait rester cachée, mais c'est impossible... Alors, elle se résigne. Quand il entre, elle lui répond avant qu'il ait pu poser sa question :

— Votre voiture est au village. Marcel est revenu de la chasse.

— Vous le saviez ? Vous ne m'avez rien dit ?

— Je viens de le deviner, en vous voyant revenir... plein d'espoir.

— Je vais enfin pouvoir repartir !

— Oui, *enfin*, comme vous dites.

Rod s'aperçoit qu'il a été maladroit et essaie de corriger le tir :

— Oh ! Ce n'est pas ce que je voulais dire.

— Oui. Vous avez hâte de me quitter.

Incapable de la contredire, il se fait conciliant :

— Je suis désolé pour tantôt. Je ne voulais pas m'emporter.

— Oui, vous le vouliez. Mais laissez faire. Faites-moi pas souffrir plus longtemps qu'il faut. Dépêchez-vous qu'on en finisse.

Rod se radoucit :

— J'apprécie tout ce que vous avez fait pour moi, Mimi.

Elle souffre visiblement et répète comme un mantra :

— Oui, oui. Dépêchez-vous. Allez-vous-en. Finissons-en, finissons-en au plus vite.

⋮

Il la laisse dans son état trouble et repart, incapable maintenant de se sentir heureux.

Quel terrible pouvoir que celui de blesser quelqu'un d'autre sans le vouloir.

Finissons-en, finissons-en au plus vite...

Ces mots cadencent sa marche vers le village. Ils marquent la fin d'un étrange épisode plein d'imprévus et le plaisir de quitter un motel de second ordre, qu'il n'aurait jamais choisi dans d'autres circonstances.

⋮

Dans son bureau, Mimi imagine bien la scène. Ses mains se nouent de tristesse, d'angoisse. Elle

entrevoit Rod qui approche du village d'un bon pas...
Comme elle aimerait être moins lucide !

．
．
．

Maintenant, Rod marche aussi vite qu'il roulait vers son avenir, en fuyant le passé.
Il sifflote, le cœur léger.
La vie, la belle vie reprendra, puis la scène, la vie sous les projecteurs, les tournées autour du monde...

．
．
．

Il arrive au village.
Filant le parfait bonheur, il salue cordialement les gens qu'il croise et qui le regardent, indifférents.

Récit d'Anaïs - 8

Il me semble qu'il y a une éternité que j'ai quitté Bobby et June.
Je sais maintenant que je ne suis pas capable de poursuivre ma route en toute sérénité sans savoir ce qu'il leur arrive.

Aussi, ce matin, j'ai décidé de rebrousser chemin.
Bobby ne m'a jamais quittée.
Il me hantait à tel point que j'étais certaine qu'il était là, à côté de moi.
Oui, vraiment. Assis sur le siège du passager.
Je n'aurais eu qu'à tendre le bras pour le toucher, mais chaque fois...
Quand je me tournais vers lui...
Le siège était vide.

⋮

Je roule en silence, sans radio, sans faire de vitesse, sans attirer l'attention.

Je refais le trajet à rebours.

J'abandonne ma camionnette à deux kilomètres du motel en ruine.

Incertaine si je vais les retrouver. Et dans quel état.

Je marche le reste du parcours, mon sac à dos et ma tente en bandoulière.

Une fois arrivée, je me dirige derrière la butte que Bobby m'avait montrée et j'y laisse mes effets personnels.

La chaleur est toujours aussi accablante.

Je me rends ensuite au motel. Tout y est si calme. Trop.

Il n'y a personne et ça m'inquiète.

Et si le pire s'était produit ?

Et si Bobby... avait été emmené par un de ces personnages étranges interpelés sur la route par June ?

Derrière le motel, j'aperçois Will, qui revient avec sa carabine. Son odeur est si pestilentielle qu'on le sent venir, même d'une bonne distance. Je n'aurais pas cru cela possible, mais son apparence s'est dégradée depuis mon départ. Ses traits sont émaciés, tirés. Je jurerais qu'il n'a pas dormi depuis des jours. Je suis inquiète de voir un homme armé dans cet état. Malgré tout, je l'appelle, car je veux avoir des nouvelles.

— Will !

Au même moment, un coup de vent soulève une bourrasque de sable. Will protège ses yeux avec ses bras. J'entends une voiture au loin et je me précipite vers la butte, car si c'est celle de June, je veux avoir une idée de ce qui se passe avant de lui donner signe de vie.

L'état pitoyable de Will a de quoi me préoccuper.

C'est bien la voiture de June.

Je suis soulagée de voir que Bobby est avec elle.

Mais il a l'air si amorphe. Et June, elle, a l'air très fatiguée.

Peut-être qu'ils ont souffert de la séparation autant que moi.

Bobby n'entre pas dans le motel avec June. Il s'assoit sur le vieux banc de bois à l'entrée et regarde fixement la route. S'il levait les yeux, il pourrait me voir.

Il a le regard halluciné des gens qui contemplent une grande souffrance. Ça m'est insoutenable. Je veux aller vers lui, mais...

C'est peut-être préférable de le laisser vivre son deuil. Je songe même à repartir de mon côté pour vivre le mien. Mais je reste. Mais sans me montrer encore. Je dois bien considérer tout ce que signifie « retourner vers lui ». Tout l'engagement que cela implique.

Car ce garçon n'est pas un jouet.

⋮

Le soleil se couche discrètement derrière le motel.

June vient chercher Bobby, le fait entrer.

À nouveau, je remarque à quel point le gamin est résigné. Sans entrain.

Il se laisse faire, se laisse emmener.

Bobby n'était pas comme ça avant.

Comme si quelque chose en lui s'était éteint.

Qu'est-ce que je vais faire ?

Je descends la butte. Je plante ma tente.

J'ai quelques rations dans mon sac, j'en prends une même si je n'ai pas très faim.

Je bois un peu d'eau, puis avale une rasade de vodka.

Je m'étends à l'extérieur de la tente, les yeux grands ouverts.

Le ciel est rempli d'étoiles.

Je ne prie jamais, mais...

Qu'est-ce que je vais faire, mon Dieu ?

Qu'est-ce que je dois faire ?

Je prendrai ma décision demain.

Pour la première fois dans ce pays, j'ai froid.

Je m'enroule dans une couverture et je m'endors.

⋮

Au beau milieu de la nuit, je suis réveillée par des cris.

C'est Bobby qui hurle. Et June, plus fort que lui encore : « *Take your goddam pill !* »

Puis Will en rajoute. Alors là, c'est trop. Sans réfléchir, je fonce vers le motel.

Je grimpe la butte dans le noir, en trébuchant plusieurs fois dans le sable qui m'égratigne le visage. J'en perds le souffle. J'arrive exténuée au motel.

Mon visage suinte le sang mêlé de grains de sable.

Sans hésiter, je pousse la porte de la chambre.

Et là... Il y a un moment d'éternité alors que plus personne ne bouge.

L'instant d'après, Bobby est dans mes bras.

Il sanglote de façon incontrôlable, une grosse boule de chagrin qui tressaute contre ma poitrine, un énorme chagrin qui finit lentement par se calmer.

C'était l'orage, et c'est l'éclaircie après.

Quand je lève les yeux, je vois June qui m'observe intensément.

Son regard est dur.

Mais il exprime autre chose aussi, qui ressemble à du soulagement.

Rayon-de-Lune - 11

Un excellent mécanicien, Marcel était très attendu par ses loyaux clients. Il avait donc déjà bien d'autres chats à fouetter quand on lui a demandé de remorquer une voiture accidentée, immobilisée sur le bord de la route à une quinzaine de kilomètres du village.

Quand Rod entre dans la salle d'attente du garage, les clients discutent de sa voiture... et de lui. D'ailleurs, depuis une bonne semaine, tout le village ne parle que de l'accident.

— En tout cas, j'suis ben content que Marcel est allé enlever ça du chemin.

— Ouin, juste dans courbe de même, des plans pour qui se passe un autre accident.

— Maudite courbe !

— Pas chanceux, le monde dans ce coin-là. Comme Mimi avec son motel...

Rod est amusé qu'on parle de lui, de « sa » Mimi, de sa voiture, de « son » motel. Il se fait tout petit. Il est heureux de passer inaperçu. Personne ne le connaît ici. En plus, avec sa barbe, lui-même se trouve méconnaissable. Chaque matin, il doit se regarder deux fois dans le miroir.

Dans la salle d'attente, la conversation s'arrête brusquement quand les gens remarquent une voiture de police qui vient de se garer à l'extérieur.

— Tiens, Pat s'en vient parler à Marcel.

Curieux, Rod bondit de son siège et sort.

⋮

Dehors, sa voiture est toujours montée sur la remorqueuse. Il se dirige vers Pat, le policier, qui commente avec Marcel un article paru dans le journal local. Rod leur tend la main pour se présenter, mais les deux hommes sont en pleine discussion. Pat raconte :

— On a enlevé l'arbre le soir même de l'accident. Y bloquait la route.

— La vitesse a pas dû aider, j'imagine. C'te maudite courbe-là... Elle est traître.

— C'est clair qu'il roulait trop vite. En plus, y a eu une crevaison. Perte de contrôle totale. Le gars était pas mal magané.

Rod les interroge :

— « Le gars » ? C'est moi, ça ?

Pat poursuit son récit, comme si de rien n'était :

— On l'a transporté à l'hôpital.

Incrédule, Rod crie :

— Quoi ? Je suis jamais allé à l'hôpital. Je suis allé au motel avec Mimi !

Sourd à ses protestations, Pat reprend :

— Y a pas passé la nuit. Y a fallu faire une autopsie.

— Y avait bu ?

— Pas une goutte. On peut renvoyer son corps à sa famille.

Rod se débat comme si sa vie en dépendait :

— Vous êtes fous ! C'est impossible, voyons. Impossible !

Il gesticule. Il essaie d'attirer leur attention en les frappant, mais il ne touche que le vide. Pat et Marcel ne bronchent pas.

Rod fixe le journal que Marcel tient dans ses mains. La une en grosses lettres titre : « Mort d'un chanteur d'opéra renommé dans un accident de la route ». Le texte est accompagné d'une horrible photo en noir et blanc qui a une telle finalité... comme si l'image venait d'une autre époque... révolue.

Hagard, incapable de comprendre et de réagir, Rod semble penser que, s'il parvient à rester parfaitement immobile, il pourra s'accrocher à un univers auquel il n'appartient plus.

116

Puis, sous le choc, il se met à errer.

S'il avait été vivant et visible, il aurait fait peur aux passants, car il tourne en rond dans le village en maugréant, en marmonnant comme un fou.

Comment son cœur peut-il battre si vite s'il est mort ?

Que doit-il faire maintenant ?

⋮

Après plusieurs minutes, heures – il ne sait plus –, il quitte le village sans s'en rendre compte et se dirige vers le motel en marchant lentement, encore assommé. Un bruissement dans le bois le sort de sa torpeur. Il aperçoit un gros gibier. Une tête d'orignal paraît à travers les branches. Sur sa bajoue, il y a du sang coagulé. Ce n'est pas possible ! On dirait la même bête que l'autre jour. L'orignal regarde Rod, qui tente encore de l'approcher mais, à nouveau, la bête le fuit.

Rod ne sait plus rien, à part qu'il doit rentrer au motel. Seule Mimi pourra lui expliquer. Après tout, depuis l'accident, il n'a parlé à personne d'autre.

Mimi est capable de le voir, pas comme les autres au village...

Il s'arrête net.

Il saisit toute l'importance de ce qu'il vient de penser.

Mimi est capable de le voir.

L'orignal mort l'a vu aussi. Et quelles étaient donc les premières paroles que Mimi lui avait dites... N'était-ce pas « Vous me voyez », sur un air à la fois heureux et surpris ?

Il repart. Cette fois, il marche d'un bon pas, de plus en plus vite. Puis, bousculé par toutes les questions en lui qui veulent une réponse, il se met à courir.

Rayon-de-Lune - 12

Depuis le départ de Rod, Mimi a peu bougé. Elle ne pense qu'à l'inévitable vérité qu'il a découverte en se rendant au village.

Dehors, le vent se lève. Un blizzard se prépare-t-il ?

Au bout d'un long moment, Mimi se force à préparer à manger.

Puis, elle jette un œil vers l'extérieur. Toujours aucun signe de Rod. Elle prend le temps de vérifier les seaux dans les chambres. Rod n'arrive toujours pas. Elle arpente le long corridor du motel, répétant dans sa tête les réponses qu'elle prépare aux questions que pourrait lui poser son malheureux invité.

Elle finit par s'assoir au bout de la table en face des portes vitrées. Elle joue nerveusement avec les ustensiles, la vaisselle, bat frénétiquement la mesure sur la table.

« Finissons-en, finissons-en ! »
Le crépuscule tombe. La pénombre s'installe dans le motel.

⋮

Puis, elle le voit. Il arrive à la course. L'air fou.
Il entre. S'arrête à l'entrée.
À bout de souffle. Les vêtements défaits. L'air d'un homme ivre.
Chaviré.
Il y a assez de lumière pour que Mimi puisse voir son regard de trépassé vivant.

Rod murmure d'une voix éteinte :
— Mimi... je suis mort.
— Vous êtes... épuisé ?
— Non. Mort. Vraiment mort. Ils l'ont dit au village. Je l'ai lu dans le journal.
— Oui.
— Vous le saviez.
— Oui. Depuis le premier jour. Quand vous m'avez vue.
— Je vous ai vue parce que... vous êtes...
— Morte. Oui.

Elle se lève et va le rejoindre.

Ils sont côte-à-côte, mais tandis que Mimi regarde vers l'extérieur, Rod a les yeux tournés vers l'intérieur sombre du motel. Il parvient à balbutier :

— Allez-vous... allez-vous m'expliquer ?

— Voulez-vous manger ? Je nous ai préparé quequ'chose.

— Je n'ai pas faim.

— Moi, oui. Je veux me mettre à table.

Sans attendre, elle se rend à la cuisine chercher le repas.

Malgré lui, Rod s'installe à la table et prend place pour le repas.

Il allume les chandelles. La pièce sort instantanément de la noirceur.

Sans mot dire, Mimi revient et le sert.

Il la regarde faire, hypnotisé.

D'un coup, elle n'est plus la même personne à ses yeux. Elle est une grande prêtresse qui possède toutes les vérités. Mais une prêtresse qui répugne encore à révéler ses mystères. Sur un ton léger, elle lui dit :

— Comme je savais pas quand vous alliez revenir, j'ai préparé un repas froid.

Rod répète en frissonnant :

— Un repas froid !

— Oh ! pardon, j'y pensais même pas. Ça fait telle- ment longtemps que je suis morte que je pense pus à des mots comme froid, frisson, tombe, cimetière, noir, voile, désespoir, feu, Halloween, filles d'Isabelle, sandwichs pas de croûtes… Mais avant, j'étais comme vous, j'évitais les mots qui me rappelaient que j'étais pus vivante.

Mimi se sert copieusement. Elle prend deux œufs à la coque, des crudités, du fromage. Toujours en état de choc, Rod ne la quitte pas des yeux. Il réagit seulement lorsque Mimi croque bruyamment dans une carotte :
— Comment vous faites pour manger, Mimi ?
— C'est nerveux, j'pense.
— Et puis, est-ce qu'il faut manger… *ici* ? J'ai pas faim.
— Moi non plus, j'vas vous dire. Mais ça fait passer le temps.
— Le temps ! Justement, c'est une autre de mes questions. Est-ce que ça existe ici ou si…
Mimi gronde en frappant la table avec ses poings.
— Non, mais, là ! Le temps !… Y a pas d'autres questions qui vous viennent en tête, là, tu suite ?
Surpris par sa colère soudaine, Rod reste sans voix une seconde. Puis, il cesse de tourner autour du pot :
— Au village, les gens ont dit que vous n'aviez pas eu de chance avec votre motel.
— Hein ? Les gens parlent encore de moi au village ?

— Oui. Pourquoi ont-ils dit que vous n'avez pas eu de chance ?

Mimi mord dans un œuf à la coque et dans un bout de carotte, qui craque encore avec un bruit sec. Elle prend le temps de bien avaler avant de répondre :

— C'est drôle, hein ? J'avais tellement hâte de vous raconter mon histoire, pis là, je sais pas trop comment m'y prendre... Quand on est arrivés ici, Phil pis moi, on était pleins d'espoir... Y avait pas beaucoup de travail par chez nous. Les parents de Phil nous avaient donné un peu d'argent pour qu'on achète le motel Rayon-de-Lune, qui était abandonné. On l'a pas payé cher. On était sûrs qu'on pourrait le rénover, faire de quoi avec. On a travaillé fort. On a commencé par rénover une couple de chambres, puis on a refait le toit...

— Le toit ? Pas fort, votre affaire. Il coule de partout !

Elle poursuit en ignorant son commentaire :

— Après le toit, on voulait continuer à rénover les chambres, une par une. Mais ça prenait du temps, on manquait d'argent, on n'avait pas beaucoup de clients, l'argent rentrait pas. L'argent, l'argent, tous les mois, tous les jours, on parlait juste de ça, on pensait juste à ça, Phil pis moi. On pouvait pas faire autrement... Avez-vous déjà pensé que pour qu'un peu de monde fasse beaucoup d'argent, il faut qu'y ait beaucoup de monde qui en perde ?... En tout cas, nous autres, on en perdait en masse ! Not' grand rêve partait à la dérive. On avait même pus de p'tits rêves de tous les jours, comme prendre le temps de regarder le soleil se coucher après une grosse journée. On essayait juste de pas caler. On a réussi à emprunter un peu à droite pis à gauche, mais c'était jamais assez pis on n'était jamais capable de rembourser...

Elle se lève et fait quelques pas, les bras croisés sur la poitrine comme pour se réchauffer.

Elle se rend jusqu'aux portes vitrées et regarde dehors un instant, semble vouloir retourner chercher quelque chose à la cuisine, mais se ravise et revient à la table.

Elle reprend son récit avec un peu de honte dans la voix :

— Ça fait que... J'me souviens pas quand, comment exactement, mais... On a commencé à boire, juste un peu au début pour s'engourdir... Mais ben vite, on buvait vraiment trop. Je voulais m'en aller chez nous. J'en parlais tous les jours. Phil, lui, disait rien. J'pouvais voir qu'il jonglait, par exemple. J'me disais : peut-être qu'il pense comme moi. On va finir par s'en parler. Pis je voulais lui parler de la boisson aussi. J'voulais lui dire qu'on buvait trop, qu'y fallait qu'on arrête... Mais y était pus vraiment approchable. Il voulait pus m'entendre. Il m'aurait fessée, j'pense.

— Il l'avait déjà fait ?

Mimi laisse planer un silence éloquent, puis poursuit :

— J'essayais de trouver des façons de sortir de cette vie-là. J'essayais de voir si on pouvait vendre le motel. Mais j'en parlais pas à Phil. Non, je lui disais pus rien à Phil, de toute façon il m'écoutait pus... m'entendait pus... Au mois d'octobre, y est allé à la chasse. Il voulait se changer les idées. Y est parti avec le char, en me laissant ici toute seule à m'occuper du motel. Y a fait une grosse épicerie pour moi avant de partir. J'aurais dû me douter de quelque chose. Mais j'admets que j'étais contente de me retrouver toute seule pour un petit bout de temps. Ça faisait du bien. J'pouvais penser à boire moins pis à composer plus de chansons.

» Les jours ont passé, plusieurs jours. Phil revenait pas. J'ai commencé à m'inquiéter. Je voyais venir l'hiver. Une longue saison, l'hiver, quand on est toute seule. Les clients sont rares, les tarifs sont bas...

Elle ajoute, un rictus désabusé plissant ses lèvres :

— La basse saison... C'est un nom tellement approprié... Une saison déprimante... Un jour, j'ai compris. Phil était parti. Pour de bon. Pour moi, y était comme mort. Mais moi, j'étais encore en vie, j'pouvais faire de quoi. J'ai eu comme un sursaut d'orgueil. J'allais le faire, le rêve. Tu seule. J'ai vraiment essayé. Mais sans

125

éducation, sans moyens, sans personne, sans rien... À un moment donné... tu réalises que tout' est trop gros pour toi, que tu y arriveras pas. Que ton rêve est devenu un cauchemar, que ton rêve, t'es mieux de le dormir tout le temps, parce que quand t'es réveillée, y a juste des tracasseries pis des problèmes.

Elle arrête net de parler, regarde Rod à travers les lueurs vacillantes des chandelles.

Elle se lève et, cette fois, se dirige d'un pas décidé vers la cuisine. Elle en revient avec une bouteille d'alcool fort et deux verres :

— Vous allez ben prendre un coup avec moi ?

— Vous allez boire ? Vous vouliez pas arrêter ?

— J'suis déjà « arrêtée ». C'est pas comme si je pouvais encore me faire mal.

— Non, je ne veux pas boire, merci.

— Vous voulez pas manger. Vous voulez pas boire. Ça va être long, l'éternité, avec vous.

— Quoi ? Je vais être obligée de rester ici pour toujours ?

La question spontanée de Rod est cinglante. Comme s'il était dégoûté par cette perspective. Mimi reçoit son interrogation comme une gifle en plein visage. Rod ne s'en rend même pas compte et ne pense pas à s'excuser de ce qu'il a dit.

Blessée, Mimi le défie du regard tout en dévissant résolument le bouchon de la bouteille et en remplissant son verre à ras bord. Elle avale tout l'alcool d'un coup en fermant les yeux, en attente de la chaleur familière qui descend le long du gosier, qui réconforte le corps, qui gèle l'esprit. Quand elle rouvre les yeux, son regard est toujours lucide. Elle ne chavire pas. Elle regarde son verre avec mépris et rage.

— Maudite marde! Même pas d'effet! Il m'en faut tellement asteure!

Elle remplit son verre de nouveau. Elle prend une gorgée, fait rouler l'alcool dans sa bouche, avale.

— Y a eu une journée, j'me souviens pus de la date, sauf que c'était la fin de l'hiver... Il faisait froid, le vent soufflait fort, je voyais pas la lune, un gros grain se préparait. J'ai enfilé ma grosse veste de laine, j'me suis installée sur mon vieux sofa à l'entrée pour regarder dehors, jouer ma guitare, peut-être même composer une chanson...

» Vous vous souvenez de ma chanson quand vous faisiez la vaisselle? Je l'ai composée ce soir-là. Phil était parti depuis des mois. J'pensais à lui. J'm'ennuyais, y avait une partie de moi qui l'aimait pis qui voulait qu'il revienne, pis une autre qui le détestait pis qui voulait pus le voir...

» Ma mère avait raison. Elle disait qu'y avait des couples mal assortis. Elle parlait pas de nous autres,

Phil pis moi, non, elle disait ça en général. J'avais le goût d'écrire sur ça, mon couple mal assorti. J'ai commencé à fredonner les paroles, pis c'est là que c'est arrivé. La goutte qui a tout fait déborder. C'était rien, vraiment...

» Je jouais ma guitare, je chantais ma nouvelle chanson. J'étais tellement bien, vous pouvez pas savoir, puis... c'est arrivé. J'ai pété deux cordes de guitare. En même temps. J'peux pas vous expliquer ce que ça m'a fait... C'était juste... trop. Les cordes ont pété comme des fouets dans ma vie. Ça m'a fait saigner. J'ai braillé, braillé... Parce que, deux cordes qui pètent en même temps, c'est comme un couple mal assorti, comme Phil pis moi...

Elle prend son verre et le vide.
Remplit à nouveau son verre.
Boit. Quand elle parle à nouveau, sa bouche est un peu plus pâteuse :
— C'est là que j'ai pris cette belle bouteille-là... pis que je l'ai bue. Toute bue. Pendant que les premiers flocons de neige tombaient. Plus la soirée passait, plus j'étais engourdie. J'étais comme anast... non, anesti... non, je le vois le mot, mais il veut pas sortir...
— Anesthésiée...
— C'est ça !... Comme avant une opération. C'était le moment.

Elle emporte avec elle la bouteille et les verres et s'assoit sur le sofa. Elle soupire lourdement en regardant à travers les portes vitrées, puis s'écrie :

— Vous êtes sûr que ça vous tente pas de prendre un p'tit coup avec moi ?

— Sûr.

— V'nez au moins vous asseoir avec moi. Pour entendre le reste...

Elle tapote le coussin vide à côté d'elle en souriant faiblement. Rod souffle les chandelles et le motel est plongé dans le noir.

Seul un rayon de lune, comme un projecteur de poursuite, éclaire Mimi sur le sofa. Une image à la fois belle, troublante et sinistre... Le décor pour la suite et la fin de l'histoire de Mimi...

Rod s'assoit près d'elle. Mimi semble plus calme, le regard tourné vers l'extérieur :

— Regardez. La neige tombe.

— Oui ! C'est vrai. Mais d'où vient le rayon de lune ?

— Vous pensez encore comme si vous étiez dans le vrai monde. Vous êtes mort, oubliez pas.

— Comme si je pouvais l'oublier !

— La neige tombe parce que... C'était comme ça le soir où j'ai... Sauf que, ce soir-là, c'était une tempête, une vraie. Y avait pas de lune. Y avait pas un chat dans le motel. Le moment pouvait pas être mieux choisi pour... Oui.

Elle prend une grande respiration avant de poursuivre :

— Pas un client dans le motel. Pas de mari. Juste moi. Toute seule au monde. Personne allait me pleurer. Qu'est-ce qu'y avait de mal à… ? J'me suis rendue dans le bureau. Je gardais deux bidons d'essence, pour me dépanner au besoin. J'ai versé l'essence d'un des bidons partout dans le bureau. Avec l'autre, j'ai fait une piste jusqu'au sofa, pis j'ai vidé ce qui restait dessus. Je suis retournée dans le bureau avec une allumette… J'ai hésité quelques secondes, j'ai pris un grand respire puis… j'ai craqué l'allumette. Le feu a pris, pouf ! comme ça. Ça m'a surprise. Je suis retournée m'asseoir sur le sofa. J'ai regardé le feu, la flamme qui suivait son chemin jusqu'à moi… C'était… fascinant, épeurant. J'pouvais encore sortir. Les portes sont proches… Mais j'pouvais pas… ou j'voulais pas… Il vient un moment que c'est la même affaire.

— Puis… vous… Je veux dire… Vous avez…

— Oui. J'ai laissé le feu se rendre jusqu'à moi. J'ai brûlé.

Elle l'avait dit avec un profond détachement, comme une chose étrange qui serait arrivée à quelqu'un d'autre.

Un long silence avait suivi.

Rod a ravalé sa salive, essayant d'imaginer…

S'immoler par le feu.

Sa mort à lui avait été si douce qu'il ne s'en souvenait même pas.

Il a tourné la tête vers Mimi. Brûlée vive.

Dans cette dimension, rien n'y paraît. Elle est intacte.

Dans le rayon de lune, Mimi est même jolie dans son genre.

Il parvient à briser le silence, la voix troublée :

— Je prendrais bien un peu de cet alcool finalement.

— Ah, oui ?

— Pourvu que je ne vous en prive pas...

— Ben non ! J'en manque jamais depuis que... depuis cette nuit-là... Suffit d'en vouloir pour en avoir.

Elle verse généreusement l'alcool dans le verre de Rod, qui proteste :

— Pas tant que ça, pas tant que ça !

— Ah ! Laissez-vous aller.

Elle lui tend le verre. Rod hume, prend une gorgée, avale, grimace :

— Ouach ! C'est fort ! Ça décape !

— C'est bon la chaleur, non ?

— Oui, c'est bon, dit Rod en avalant une autre petite gorgée, le regard fixé devant lui. La deuxième gorgée est meilleure, elle descend mieux...

— C'est toujours comme ça.

Rod, plus relax, pose enfin la question qui lui semblait bien indiscrète quelques instants plus tôt :

— Votre mort, Mimi... comment c'était ?... Ça dû être horrible !

— Comment c'était, comment c'était ! C'était... ben, horrible ! Le feu, c'est comme un animal féroce qui enfonce ses dents partout dans toi en même temps. Il tordait mon corps dans ses dents sans le lâcher. J'ai crié comme une démone, puis... heureusement, j'ai perdu connaissance.

» J'me suis réveillée sur le sofa. Au début, j'pensais que j'avais manqué mon coup. J'me suis levée pis j'ai vu qu'y avait le feu partout. J'suis sortie dans le stationnement pis j'ai vu le motel qui brûlait. Des gens arrivaient en auto, ils en sortaient à toute vitesse, en courant, en m'appelant. Y arrivaient dans la tempête, le feu les illuminait comme dans un film. J'suis allée vers eux, j'leur faisais des signes, mais... Ils passaient à travers moi ! J'en revenais pas.

» Le feu était tellement fort que les gens s'arrêtaient net avant de traverser le stationnement. Ils se demandaient les uns les autres : « Avez-vous vu Mimi ? » Je leur criais : « Mais j'suis là, voyons ! J'suis là ! » Personne me voyait.

» Quand les pompiers sont arrivés, mon amie Micheline leur a crié : « Mimi est encore là-dedans ! Faites quelque chose ! » Mais c'était trop tard, y avait pus rien à faire. Avec l'essence que j'avais mis, vous pensez ben que ça a flambé !

» Avec le monde du village, j'ai regardé le motel partir en fumée dans la tempête. Les gens parlaient pas. À part un sacre de temps en temps, un *tabarnak* ben placé. Ou ben un « Mon Dieu ! Mimi ! C't'épouvantable ».

» C'est là que j'ai compris que ma vie était finie. Mais j'étais toujours là ! J'avais enfin réussi quelque chose, mais ça me donnait absolument rien. J'étais restée à la même place !

» Au petit matin, tout le monde est parti. La neige avait fini de tomber. Le motel fumait encore. Les portes vitrées à l'entrée avaient été cassées. Les pompiers ont continué à arroser les braises. Moi, je suis retournée dans mon motel. Je l'ai retrouvé comme y était avant... ou presque.

— Qu'est-ce qui avait changé ?

— Quand je suis entrée dans le motel, j'ai passé à travers les portes de vitre fracassées. Je m'attendais à me voir morte sur le sofa, brûlée, mais j'étais pus là. Quand je me suis retournée, les portes vitrées étaient redevenues comme avant le feu, mystérieusement réparées. Dans un flash, j'ai vu l'ambulance qui partait. Juste le temps de la voir, pis elle avait disparu. En dedans, tout le motel avait l'air correct. Mon monde était pareil, mais pus pareil.

— Pour moi, tout était tellement normal.

— C'est parce que j'suis venue vous chercher. J'vous ai protégé, j'ai préparé votre transition. Je le fais pour tous ceux qui meurent dans la courbe. C'est ma façon de me racheter, de me pardonner.

— D'autres gens ? Qui ?

— Oh, écoutez ! Pas ce soir. Une autre fois peut-être.

— Mais parmi tous ceux-là, personne n'est jamais resté ?

Mimi sourit tristement à la lune, puis murmure tout doucement :

— Vous savez, un motel, on finit toujours par le quitter.

Récit d'Anaïs – 9

Je me réveille brusquement d'un profond sommeil.
Je ne sais pas si c'est un rêve ou une prémonition,
mais Rod est de nouveau apparu clairement dans ma
tête.

Je bondis sur mes pieds. Je n'ai pas besoin de réveiller
June, qui a déjà les yeux ouverts et qui me dit, en
fixant le plafond :
— Tu t'en vas.
J'acquiesce, sans faux-fuyants :
— Je sais pas comment te l'expliquer. Ça fait un bout
de temps que je sens un appel irrésistible.
— Pour aller dans le Nord ?
— Oui. Il y a plusieurs raisons, mais je ne peux pas
tout t'expliquer... Il y a bien des choses que je ne com-
prends pas moi-même ! Dernièrement, j'ai des flashes
d'un ami que je n'ai pas vu depuis longtemps. Je sens

qu'il ne va pas bien. Il me vient de lui des impressions tellement fortes que... Tiens, j'ai encore rêvé à lui cette nuit!... Mais est-ce que c'était un rêve? Un pressentiment? C'est fort comme ça, June! Tu comprends, il faut que me rende à Rayon-de-Lune pour...

June m'interrompt:

— À Rayon-de-Lune?...

— Oui. Tu connais?

— Non! Mais c'est un beau nom.

Anaïs acquiesce, puis reprend le fil de son idée:

— Tu comprends, je dois repartir.

June dévisage Anaïs une seconde, puis dit:

— Au fond, un voyage nous ferait du bien.

Je n'en crois pas mes oreilles. De toutes les solutions, c'est la meilleure:

— T'es sérieuse? Fantastique! On y va tous les trois.

— Et Will?

— Ah, shit! Ouin... On peut pas laisser ton père derrière.

June éclate de rire:

— C'est pas mon père!

— Mais tu l'appelles « Dad ».

— Parce que c'est le père de Bobby.

— Quoi?

Penser que June ait pu... avec Will... et qu'ils aient eu ensemble un enfant fascinant comme Bobby... Elle a

dû sentir ma répugnance, mais elle ne s'explique pas :
— *Let's just hit the road.*
À ce moment précis, Bobby surgit de nulle part. Son sourire éclaire toute la pièce :
— On s'en va ?

⋮

Sans la moindre hésitation, nous avons plié bagages.
Le motel miteux n'était pas difficile à quitter.
Dans la camionnette, Bobby joue au copilote. Il calcule sans arrêt les meilleurs itinéraires. Je ne l'ai jamais vu si heureux.
Le véhicule de police, où prennent place June et Will, nous suit. Dans le rétroviseur, je les vois qui parlent, rient, s'amusent, se caressent aussi. Qu'est-ce qu'elle lui trouve, bon sang ! ? Qu'est-ce qu'elle lui trouve ? Et comment peuvent-ils me confier la garde de cet enfant avec autant d'insouciance et de désinvolture ?
Comment peuvent-ils être insensibles au charme de Bobby, qui me chavire le cœur, à moi ?
Des choses m'échappent dans cette histoire de famille : la terreur que Bobby inspire à Will, le fait que June et Will faisaient chambre à part au motel, mais qu'ils soient si affectueux l'un envers l'autre en ce moment.

Dans la camionnette, le regard de Bobby s'attarde souvent sur moi.

Parfois avec un sourire.

Parfois avec un air grave.

Ça finit éventuellement par m'agacer :

— Quoi ? Qu'est-ce que j'ai ?

— Rien. Je pensais.

Puis, calmement, il tourne son regard vers le paysage qui défile.

Il murmure : « Tout va bien. »

C'est peut-être le ton de sa voix. Mais ça me donne froid dans le dos.

⋮

June allume ses gyrophares, accélère, ralentit quand elle arrive à ma hauteur. Elle veut faire escale dans le prochain village, à environ cinquante kilomètres. Besoin de faire le plein. Et Will a faim.

J'aurais préféré poursuivre ma route. Et Bobby aussi. Au moment où la voiture de police nous devance, il me dit :

— Will m'écœure.

— Dis pas ça. C'est ton père.

Bobby éclate d'un drôle de rire, sans s'expliquer. Après un silence, il affirme :

— J'aime tellement être avec toi.

— Moi aussi.

— Will pense que tu le détestes.

— Tant pis ! Il m'aime pas beaucoup lui non plus.

— Il te connaît pas, c'est tout.

Il a peut-être raison. C'est à mon tour de le dévisager et de le questionner, curieuse :

— Pourquoi tu l'appelles Will ? C'est ton père.

Cette fois, il réagit avec force :

— C'est pas mon père !

— Pourtant, June m'a dit que...

— Elle sait pas de quoi elle parle.

J'essaie de saisir quel est le lien qui l'unit à Will. Est-il son père ou non ? Implacable, Bobby reprend :

— Je déteste Will.

— Mais voyons... Pourquoi ?

— Il m'a menti. Il... il m'a fait mal.

— Quoi ? Qu'est-ce qu'il t'a fait ?

— Il ne s'est pas occupé de moi.

— Comment ça ?

— Je veux pas en parler.

— Il faut en parler, Bobby, il faut...

Il se bouche les oreilles et se met à crier :

— Arrête ! Dis-moi pas quoi faire ! Arrête ! Je veux pas en parler ! Arrête ! Arrête !

J'essaie de calmer cette tempête :

— OK, OK, OK, Bobby... OK, OK...

Il finit par se calmer, mais s'enferme en lui-même

dans une zone inaccessible.

Tout à coup, je le sens très loin de moi, mon complice Bobby.

Il ne parle plus.

Il ne s'intéresse plus au voyage.

Il ne cherche plus le meilleur itinéraire.

Il m'évite, le regard tourné vers l'extérieur.

Je m'en veux de l'avoir bousculé, surtout à cause de Will.

Son silence est une vraie torture.

⋮

Incapable de subir son mutisme, je mets la radio.

Stockard Channing chante *There are worst things I could do*[2].

Les paroles du refrain s'enfoncent en moi et me font serrer les dents.

> *« But to cry in front of you*
> *That's the worst thing I could do »*

En côtoyant ces gens que je ne connais pas, ou si peu, ces gens que j'ai laissés envahir tous les recoins de mon existence, il me semble que je prends toujours les mauvaises décisions.

---

[2] Chanson de Jim Jacobs et Warren Casey interprétée par Stockard Channing

J'ai les yeux pleins d'eau. Bobby le remarque :

— Pourquoi t'es si triste ?

— J'ai pas envie de l'expliquer. Tu comprendrais pas de toute façon.

— C'est toujours ce que tu me dis, Anaïs. *Try me !*

— Non !

C'est à mon tour d'être impatiente.

Et puis, je ne le sais pas moi-même pourquoi je suis triste.

On ne peut pas toujours être heureux, c'est tout.

Je ferme la radio.

La route défile.

Bobby revient à la charge avec une question surprenante :

— Qu'est-ce que tu vas faire quand tu seras grande ?

— Je suis déjà grande.

— Non. T'es ni vieille ni grande. Ma mère est plus grande et plus vieille que toi.

— Voyons ! Elle est bien plus jeune que moi.

Il insiste :

— Ma mère est déjà... vraiment vieille. À cause de toutes les choses qu'elle voit.

— C'est dur être dans la police, tu sais.

Il hausse les épaules :

141

— June pense qu'elle ne peut jamais rien faire de neuf. Toi, t'es pas comme ça. Toi, c'est comme si t'avais jamais rien fait avant, comme si t'avais encore tout à faire.

Je ne réponds rien à cela. J'y réfléchis. Je n'y avais jamais pensé avant.
Mais je dois admettre qu'il a raison.
C'est bien comme ça que je me sens, chaque fois que je commence une nouvelle histoire.
Que j'ouvre un nouveau carnet.

Et c'est pour ça aussi.
Que j'erre.
Que j'écris.

⋮

Rendue au village, je n'ai envie de rien. Les conversations avec Bobby m'ont trop perturbée pour que j'aie envie de manger.
D'ailleurs, je n'ai plus beaucoup de sous et je dois étirer mes maigres ressources. Je devrai bientôt trouver un petit boulot quelque part pour me refaire.
June me dit d'oublier ça, qu'elle va payer pour moi.
Bobby court comme un jeune faon qui vient de découvrir qu'il a des pattes. Il semble si heureux à nouveau.

Will vient d'acheter un Coke, qu'il boit devant un gros néon Coca-Cola d'une autre époque. June se place à côté de lui et fait un selfie.

Je me sens comme dans un *road movie*. Mais qui devient carrément un film d'horreur quand Will plonge la tête vers June et l'embrasse langoureusement. Ça dure une éternité...

⋮

June porte toujours son uniforme, mais il est sale et poussiéreux maintenant.

Je m'étonne de ce laisser-aller.

Je me demande si elle est vraiment une agente de police.

Peut-être qu'elle porte un faux uniforme pour... je ne sais pas, moi... nous intimider ? Nous impressionner, nous séduire ?

Si c'est le cas, elle peut être dangereuse.

Et puis, qu'est-ce qu'elle fout avec ce gars-là ?

C'est dégueulasse qu'elle se laisse embrasser comme ça.

C'est vrai que depuis que nous sommes partis, j'ai l'impression que Will pue moins.

Le grand air sans doute...

Mais quand même.

Tout reste si étrange avec eux. Avec Bobby aussi, bien sûr.

Mais lui, je le comprends mieux. Comme si on était tissés de la même étoffe.

⋮

Une vieille Autochtone au visage sillonné de rides observe en silence le spectacle de Will et June s'embrassant. Son expression demeure impassible.

Mais quand ses yeux tombent sur moi, son air change complètement.

Son visage s'illumine d'un sourire radieux, qui m'englobe de chaleur.

Le sourire qu'on adresse à une amie que l'on n'a pas vue depuis longtemps...

Qui est-elle ? Est-ce que je la connais ? Je l'aurais déjà croisée ? J'ai l'impression que oui. Je me dirige vers elle quand June donne le signal du départ.

Son identité restera un mystère.

Si j'en ai la chance, je reviendrai ici.

⋮

Nous redémarrons. Je prends les devants, la voiture de police suit.

Un panneau indique que nous quittons Nothing Hill.

La colline du rien.

Et la vieille femme s'éloigne tout comme le décor que nous laissons derrière.

Tristesse.

Pour cette fois, et c'est tant mieux, Bobby ne me demande pas pourquoi.

Rayon-de-Lune – 13

Au matin, Rod se réveille seul sur le sofa. Éberlué, il se demande ce qu'il fait là. Puis tous les événements de la veille lui reviennent à l'esprit. Il remarque qu'il a neigé toute la nuit et que l'hiver s'est maintenant installé pour de bon à Rayon-de-Lune.

Il entend le son d'une guitare que l'on pince doucement. Il aperçoit le haut de la tête de Mimi, qui dépasse derrière le comptoir de la réception et il se rend vers elle. Elle est assise sur un petit tabouret. Il la salue d'un signe de la main. Elle prend le temps de terminer son morceau en pinçant les quatre cordes, puis :

— Bonjour !... Avec quatre cordes, c'est plus facile de pincer que de gratter. Le son est beau aussi. Trouvez-vous ?

— Je trouve que vous... que *tu* joues très bien la guitare, Mimi. Je n'ai pas changé d'opinion.

— Que *tu* joues ? Vous avez décidé de me tutoyer ?

— Ce serait naturel dans les circonstances. Après tout, on est tout seuls dans le motel et on commence à bien se connaître.

— D'accord, mais... Qu'est-ce qui vous... te fait dire ça, qu'on est seuls ? Y en a d'autres qui sont passés avant toi... Y en aura sûrement d'autres après.

— Ces gens que tu as aidés ? Qui étaient-ils ?

— Oh ! y en avait de toutes les classes sociales. J'ai eu beaucoup de camionneurs, évidemment, des gars de la construction aussi, des travailleurs itinérants, des touristes pendant l'été, des mères, des pères, des enfants. Ils ont séjourné ici jusqu'à ce que leur nouvelle réalité soit devenue ça, justement, une réalité qu'ils pouvaient accepter.

Avec beaucoup d'affection, elle se remémore une personne en particulier :

— Y a eu un homme qui est venu, y a assez longtemps de ça... J'le trouvais pas mal de mon goût, j'avoue. C'était un vendeur itinérant qui voyageait avec toutes sortes de petites valises, pleines d'échantillons de pilules pis de médicaments. Il visitait les cabinets de médecin pour leur vendre les produits de la compagnie pharmaceutique qu'il représentait. Il me faisait rire, y avait beaucoup d'humour, il s'appelait lui-même le « *pusher* ».

Elle en rajoute en rougissant, en balbutiant :

— Disons que... on a eu... on a passé du bon temps ensemble ! Ah, oui ! Vraiment du bon temps, c'était...

Sa phrase reste en suspens. Un sourire est accroché à ses lèvres alors que ses yeux se perdent dans l'infini. Le souvenir de ce visiteur semble la plonger dans une profonde béatitude. Rod, qui commence à bien la connaître, sait qu'elle ne lui en dira pas plus... et ce mutisme l'agace.

Il sent même un peu de jalousie l'envahir.

⋮

Mimi sort de sa rêverie et remarque le regard contrarié que Rod pose sur elle. Elle cherche à faire diversion :

— Veux-tu voir les journaux ?

— Quels journaux ?

— Les nôtres. J'ai le tien ici.

Elle lui tend le même journal que Rod avait vu la veille au village. Il lit à haute voix la dernière ligne du texte : « *Triste fin pour un chanteur d'opéra qui a filé trop vite sur nos routes comme une étoile filante dans sa propre vie.* »

Pas mal, pense-t-il, pour un petit journal local. La journaliste a fait son travail, a pris la peine de se renseigner à son sujet.

Par curiosité, mais avec un certain détachement, il se

demande comment les journaux ont rapporté sa mort ailleurs dans le monde. Comme c'est étrange ! Pendant toute sa carrière, il avait lu avidement tout ce qu'on écrivait à son sujet, en bien ou en mal. Maintenant, tout cela n'a plus aucune espèce d'importance pour lui.

Au mieux, pense-t-il, on aura dit qu'il laisse un vide dans le monde de l'opéra, un vide qu'un chanteur ambitieux aura vite fait de remplir. D'ailleurs – et il l'avait déjà constaté de son vivant durant la dernière année –, quand un chanteur s'absente de la scène, c'est déjà une forme de mort...

Mimi le tire de sa réflexion en lui tendant le vieux journal jauni que Rod avait découvert lors de la nuit de sa fouille à la réception.

À la page 5 du journal s'étale le titre : « *Visite de la reine pour le rapatriement de la Constitution* ». Rod ne comprend pas et questionne Mimi du regard. Elle lui dit :

— Rends-toi à la page 1.

Rod ferme le journal pour voir la une : « *Incendie du motel Rayon-de-Lune : Mimi Lachance a commis l'irréparable.* »

— Lachance ?

— Ouin. Ironique, hein ?

Les lettres du titre se détachent sur une photo sinistre

des restes calcinés du motel. Consterné, Rod murmure :

— Le motel est méconnaissable. Il n'en est rien resté.

Il lit l'article, mais reste sur son appétit :

— J'aurais aimé en apprendre un peu plus sur toi, Mimi.

Elle sourit faiblement en haussant les épaules :

— Ma grande finale a retenu toute l'attention. Tellement qu'on a oublié le reste de ma vie ! Mais j'ai fait tout un travail, y a pas à dire...

Elle pointe la une du journal que Rod a déposé sur le comptoir. Elle replace le journal dans ses affaires après l'avoir rouvert à la page de la visite de la reine :

— Je le laisse toujours à cette page-là, parce que les gens passent par-dessus le journal sans s'y arrêter. Et puis, j'ai pas besoin d'un autre rappel de cette nuit-là avec toutes les traces du feu qui sont déjà partout dans le motel.

— Quelles traces ?

— T'as pas senti l'odeur de fumée dans ta chambre ?

— Ah, oui ! Le premier soir, ça m'a vraiment pris à la gorge. J'ai pensé que c'était parce qu'on avait fumé dans cette chambre pendant des années.

— Non, c'est à cause du feu. Pis le 12 h 34 sur le cadran, tu l'as remarqué ?

— Ah, oui ! Plusieurs fois. On dirait que c'est toujours la même heure quand je le regarde.

— Oui. Le cadran s'allume juste quand on le regarde et il indique toujours 12 h 34. Midi trente-quatre si c'est le jour, minuit trente-quatre si c'est la nuit. J'ai mis le feu à minuit trente-quatre... À 1-2-3-4, comme quand on se donne un rythme pour commencer une chanson...

— C'est partout comme ça ?

— Ici, en tous cas. Ailleurs, je n'ai pas remarqué.

Surpris, Rod relève la tête :

— Ailleurs ? Veux-tu dire que tu es déjà partie d'ici ? J'avais l'impression que tu...

Mimi secoue la tête, l'air contrarié. Elle s'en veut d'en avoir trop dit. Elle intervient rapidement avant qu'il lui pose trop de questions :

— Oui, je suis partie. Une fois. Et pas longtemps. Mon beau *pusher* avait fini par quitter le motel. Il me manquait beaucoup, ça fait que... Je m'étais mis dans la tête de le retrouver, mais... Disons que... Je me sentais mal loin du motel. Je m'inquiétais tout le temps. Tu comprends, avec le toit qui coule, qui aurait vidé les seaux ?

— Les seaux, les seaux...! Mais on s'en fout des seaux ! Le motel n'est pas réel !

— Il l'est assez pour nous. Il existe pour nous.

Elle replace sa guitare sur son support et passe rapidement devant Rod :

— Excuse-moi, j'ai du travail.

Rod la rappelle. Elle revient.

Sans doute affecté par tout ce qu'il a appris la veille – sans oublier tout ce qu'il a bu – il ressent une profonde lassitude, une grande incertitude :

— Qu'est-ce qu'on peut faire ici ?

— Ici ? À Rayon-de-Lune ?

— Non, dans la mort. Qu'est-ce qu'on peut faire ?

— Tout et rien. On existe et on n'existe pas. J'me rappelle toujours ce que m'a dit une médium. Elle disait que les esprits étaient autour des vivants, comme s'ils étaient avec eux, mais dans une autre dimension. Ça ressemble pas mal à ce qui nous arrive, non ?

— Et moi ? Si je quitte le motel... ?

— Oui ?

— Ce sera avec ma voiture ou... ?

Mimi répond d'une voix neutre et lasse :

— Si tu décides de partir, oui, tu pourras retrouver ton char. Comme les autres.

Rod jette un regard vers les portes vitrées et ressent une vive émotion, un mélange de peur et de fébrilité. La peur l'emporte finalement :

— Mimi, attends !

Il la rejoint. Côte à côte, ils avancent en silence dans le corridor.

— La 1, en principe, c'est la mienne. Mais j'y mets pas souvent les pieds.

— Pourquoi ? Le toit coule ?

— Non. J'aime mieux dormir sur le sofa. La 2, c'est la pire.

— Pour le toit qui coule ?

— Oui, parce que c'est la plus proche de la réception où le feu a pris. Le toit coule juste du côté des chambres paires.

Mimi entre dans la 2. En revenant vers le couloir, elle se félicite :

— Ouin, y était temps que je passe. Un peu plus pis ça débordait...

Rod se rebelle :

— Mais pourquoi ça déborderait ?

— J'aime mieux pas prendre de chance. On a juste le motel pour sûr dans notre monde. Il faut s'en occuper, on ne peut pas le laisser aller...

Rod la suit pendant qu'elle butine d'une chambre à l'autre, de la 2, à la 4, à la 6, vidant et remplaçant les seaux dans une sorte de ballet bien rodé. « Quarante ans, pense Rod. Une vraie peine d'emprisonnement ! » Il essaie de lire sur les traits de Mimi ce qu'elle pense pendant qu'elle accomplit ce rituel dénué d'imagination. Elle semble ruminer leur discussion, les sourcils froncés. Lorsqu'elle lui adresse la parole de nouveau, c'est pour lui poser une question qui le prend complètement au dépourvu :

— Tu pars quand ?

— Quoi ?

— Asteure que je t'ai dit que tu pouvais ravoir ton char, tu pars quand ?

— Mais... tu... tu me mets à la porte ?

— Ben non. Pantoute. Mais c'est pas ça que tu voulais depuis le début ?

— Mais, je... Je ne sais pas... je n'y pensais plus... Et puis, y a pas le feu.

Ni l'un ni l'autre ne veut l'avouer, mais ils sont contents de ne pas se séparer tout de suite. Pour différentes raisons, ils sont heureux de pouvoir compter sur une amitié ou même juste une présence, ne serait-ce que pendant quelque temps encore.

Ils se regardent d'un air embarrassé pendant un moment.

Puis Mimi, gênée, finit par empiler les seaux vides et s'éloigne.

Rod la regarde s'en aller en réfléchissant, puis se décide à la rappeler :

— Mimi !...

Elle se retourne et il propose :

— ... On pourrait partir ensemble.

Elle va dire quelque chose, mais se retient. Il insiste :

— Plus tu restes ici, plus tu t'incrustes, moins tu vas vouloir partir.

Elle hésite encore, il le sent et martèle :

— À part pour une seule petite escapade, tu tournes en rond dans ton motel depuis presque quarante ans, Mimi ! En répétant les mêmes rituels. Il serait temps que tu passes à autre chose, non ! ?

Elle refuse de se rendre à l'évidence et secoue la tête énergiquement sans lui répondre. Avec au bout de chaque bras une pile de seaux vides, sa chevelure défaite, ses vêtements fripés et humides, ses grands yeux tristes, elle ressemble à un personnage miséreux mais sympathique de Chaplin.

Un personnage qui ne se démonte jamais, même quand le sort s'acharne sur lui.

⋮

Rod est fasciné par les multiples visages de Mimi.

Autant il l'avait trouvée jolie la veille sur le sofa lorsqu'elle lui avait raconté sa mort dans le rayon de lune, autant il la trouve ridicule maintenant dans son accoutrement qui révèle ce qu'elle est vraiment : une femme de ménage incapable de sortir de sa condition.

Récit d'Anaïs - 10

Nous nous sommes arrêtés pour la nuit.

Je n'ai pas assez de sous pour le motel. Je refuse que June paie pour moi et je décide de coucher dans ma camionnette.

Bobby se fait tirer l'oreille pour entrer dans le motel.

Il me quitte à regret. Will jette un regard inquiet dans ma direction.

⋮

J'ai envie d'une douche, mais à défaut, il y a un petit lac tout près.

Je m'y jette, complètement nue.

L'eau est parfaite, rafraîchissante.

Je nage longtemps, faisant le vide.

La lune, suspendue au-dessus du lac, est une présence rassurante et éclairante.

Moment de liberté, de pur bonheur.

⋮

Au retour, Bobby m'attend sur la rive. Paniqué, il me fait de grands signes et ordonne :

— Sors de l'eau ! Il y a peut-être des alligators !

— Mais non, voyons.

Will surgit derrière Bobby. Il m'appelle en scrutant la surface du lac :

— Anaïs, vous êtes là ?

— Oui.

Du regard, il scrute les environs autour de lui et dit à Bobby d'une voix forte :

— Va-t'en, toi. Je veux parler à Anaïs.

C'est bien la première fois qu'il souhaite me parler. Bobby s'en va, des couteaux dans les yeux.

L'idée d'être seule avec Will me déplaît souverainement. Et comme je suis nue en plus... Je décide sagement de rester dans l'eau.

Will semble avoir du mal à distinguer ma présence, malgré la lueur de la lune sur le lac. Malgré cela, il se confie :

— Je veux vous parler de Bobby. Je veux que vous sachiez que... je l'aime.

Il a lâché brusquement les deux derniers mots. Je ne sais pas quoi lui répondre. Il poursuit :

— Je me préoccupe vraiment de son bien-être. Et j'ai jamais voulu lui faire de mal. Au contraire. J'essaie... J'ai essayé de l'aider. Si c'est June qui s'occupe de

Bobby maintenant, c'est qu'il ne me fait plus confiance... même s'il ne me lâche pas.

J'aimerais lui demander des précisions, car je ne comprends rien à ce qu'il me dit. Mais je me tais quand je l'entends pleurer :

— Il me blâme, mais je... Ce n'est pas moi qui...

— Je... Je suis désolée.

— Je veux seulement qu'il soit heureux. Il vous aime, je pense. Vous êtes peut-être la bonne.

— La bonne ? Je ne comprends pas...

— June va tout vous expliquer. Mais je veux que vous sachiez que je serais d'accord si c'était vous.

Il repart. Je sors rapidement de l'eau. Je me sèche et remets mes vêtements.

Mais qu'est-ce que tout cela veut dire ?

Décidément, l'histoire de cette famille dysfonctionnelle est de plus en plus nébuleuse.

⋮

Toute la nuit, j'ai attendu et espéré que Bobby vienne me rejoindre dans la camionnette.

Il n'est jamais venu.

Incapable de rester couchée, je regarde le soleil se lever.

⋮

Tôt le matin, June sort du motel avec Will. Elle ouvre le coffre de sa voiture et Will y dépose les valises. June s'approche de moi :

— T'as réussi à dormir ?

— Pas vraiment. Qu'est-ce que c'est que cette histoire ?

— Quelle histoire ?

— Will qui me demande... je ne sais pas trop quoi. Pour Bobby.

June secoue la tête sans répondre. J'insiste :

— Qu'est-ce qu'il me veut au juste ?

— Il n'aurait pas dû te parler. Pas tout de suite.

— Il pleurait en me parlant de Bobby. Pourquoi ?

Sa réponse est hésitante :

— Peut-être qu'il voulait... juste sortir le méchant. Il ne savait probablement pas que t'étais là.

— Ben oui, voyons ! Il le savait ! Il s'est adressé directement à moi. Je ne l'ai pas imaginé !

June concède :

— OK, il t'a parlé.

— Il m'a dit aussi que tu m'expliquerais...

— Non.

— Pourquoi pas, June ? C'est quoi toutes vos cachettes ?

— Rien. Y a pas de cachettes. Will... il t'a raconté des histoires.

— Voyons ! Pourquoi il aurait fait ça ?

159

— Je ne peux pas te l'expliquer.

Je secoue la tête, furieuse :

— J'en ai assez June !... Je vais... poursuivre ma route. Je... Seule !

Tout à coup, elle s'inquiète :

— Non. Non, non. Attends... Sois patiente, OK ? J'peux pas t'en parler tout de suite.

— Quand ?

— Bientôt, je le jure. Bientôt.

Je la dévisage et lui pose enfin la question qui me brûle les lèvres depuis le début :

— Es-tu vraiment... qui tu prétends être ? Es-tu vraiment... policière ?

Contrariée, elle fronce les sourcils. Je soulève les incongruités de sa situation :

— Si tu travailles pour la police, comment peux-tu partir dans ton autopatrouille sur un coup de tête ?

— ...

— Et pourquoi Bobby...

Je m'interromps, car au moment où je mentionne son nom, il sort du motel avec Will, qui le tient par la main. Bobby, docile, me regarde d'un air triste et monte dans la voiture. June me dit :

— Ce matin, il va voyager avec nous.

— Il ne voudra pas.

— C'est mieux comme ça. Aujourd'hui du moins.

— Pourquoi tu nous sépares aujourd'hui ? T'as peur qu'il me parle ?

Sans répondre, June se met à marcher vers sa voiture. Brusquement, elle se tourne vers moi et m'offre une explication :

— Je veux seulement laisser la poussière retomber. On te suit, t'en fais pas.

Je ricane :

— Oh, je m'en fais pas !... Mais as-tu pensé que je risque de tirer mes propres conclusions... Et que ce ne seront peut-être pas les bonnes ?

— Oui. Mais c'est un risque que je suis prête à prendre.

— Je pourrais essayer de vous semer.

Elle regarde ma vieille camionnette avec un sourire moqueur. Ouais. Elle a raison. Ce serait peine perdue.

Je monte seule à bord. Je ne vois pas Bobby dans la voiture. Ce n'est que lorsque je passe devant la voiture de June que je le remarque, affalé sur la banquette arrière.

Il a l'air assommé. L'ont-ils encore drogué ?

Rayon-de-Lune – 14

Comme elle sait que Rod aime marcher, Mimi a sorti une paire de raquettes en babiche qu'elle lui apporte dans sa chambre. Rod lui propose de faire la randonnée ensemble, mais Mimi décline poliment.

Pourtant, de son vivant, elle aimait les promenades dans la neige. Mais pas depuis qu'elle est revenue au motel après son escapade... Elle est craintive, n'ose plus s'aventurer dehors. Elle a peur de ce qu'elle devient quand elle n'assume plus ses rituels et responsabilités. Mimi sait que son motel la protège d'elle-même.

Elle voudrait tant surmonter cette crainte du monde extérieur. Et si, avec Rod, c'était possible ? Mais il est si différent d'elle...

⋮

Mimi fascine Rod plus que jamais. Il ne comprend pas pourquoi elle semble avoir si peur de partir, ou même juste de sortir ?

Elle pourrait se promener où bon lui semble, comme lui le fait.

Il sent pourtant qu'il commence à se sentir très confortable dans la chambre 9... et dans le motel avec Mimi.

Le bâtiment aurait-il une capacité de rétention insoupçonnée ?... Ou bien serait-ce Mimi ?

⋮

En raquette, au milieu du bois, il se pose de grandes questions – qu'il hésite à qualifier d'*existentielles* :

— Que vaut un chanteur sans son public ?

— Qu'est-ce qui l'empêcherait de chanter, maintenant, alors qu'il est mort ? (Rien. Après son décès, lorsqu'il se croyait toujours vivant, il le faisait d'ailleurs.)

— Est-ce qu'il lui faut à tout prix un public ?

— S'il quittait le motel, trouverait-il un public, prêt à l'écouter ?

— Ou ne trouverait-il que désillusion et néant ?

— Découvrirait-il avec effroi qu'il ne connaîtra plus jamais l'amour d'un public, ou de qui que ce soit d'ailleurs ?

La dernière question le cloue sur place au milieu d'une clairière dans la forêt blanche.

Il est submergé par la sensation d'être en chute libre dans le *nowhere* d'un au-delà.

Et la peur terrifiante de l'inconnu occupe soudain toute la place, anéantissant sa capacité de rêver et d'agir.

Il se rappelle la conversation qu'il avait eue avec Mimi, alors qu'il avait comparé les années qu'elle avait passées dans son motel à une peine d'emprisonnement. Il l'avait trouvée ridicule avec ses vêtements défaits et ses piles de seaux vides pendouillant au bout des bras.

Il n'est pas mieux qu'elle en ce moment, à craindre la suite des choses.

Il rentre vite au motel et se terre dans la chambre 9.

Il ne veut surtout pas voir Mimi.

En fait, il l'aurait cherchée qu'il aurait eu du mal à la trouver.

⋮

Mimi ne veut pas se montrer non plus.

Pour une rare fois, elle reste dans sa chambre, la 1, à l'odeur de cellule inhabitée, pour réfléchir. Elle est surprise – et flattée – que Rod soit resté. Ou plutôt, qu'il soit encore là. Bien sûr, il a besoin de temps pour décanter.

Mais quand il sera prêt à repartir, acceptera-t-elle sa proposition de voyager avec lui ?

Assise devant une table pliante, elle fait sa patience :

— J'aimerais mieux jouer au crib avec Rod. En fait, j'aimerais mieux faire n'importe quoi, mais avec Rod. Est-ce qu'il s'ennuie lui aussi ou est-ce qu'il se moque encore de moi ?

Son jeu se bloque et elle rate sa réussite :

— Foutue !

Elle ramasse les cartes, recommence, puis renonce. Elle se rend plutôt à la fenêtre et fixe le monde extérieur d'un air de défi :

— Je peux repartir. Ça pourrait être différent cette fois. C'est pas parce que ça s'est pas bien passé la première fois que ça serait la même chose cette fois-ci. Oui, j'ai fait des folies... mais justement ! Je ne les referai pas. Pas avec Rod à mes côtés. Il a raison quand il dit que j'ai peur. Peur de perdre le motel, la sécurité qu'il m'apporte. Ses routines rassurantes. Les seaux, c'est juste une excuse. Rester ici à attendre des visiteurs, c'est juste une autre excuse !

Elle sort précipitamment de sa chambre. Elle fonce dans le corridor vers la chambre 9.

Elle lève le poing pour cogner, hésite, suspend son geste. Puis, se décide enfin et frappe à la porte. Rod vient ouvrir. Elle le regarde droit dans les yeux :

— OK. C'est d'accord.

— Quoi ?

— OK. On s'en va.

Rod est pris de court :

— Comment ?

— Tu m'as compris. Partons d'ici.

Rod la dévisage longuement sans rien dire.

Récit d'Anaïs – 11

Je suis en colère. Contre June. J'en ai assez.

Une voix forte en moi me dit : « Vas-y, fonce, sème-la. »

Même si mes chances de réussir sont minces.

Et puis, je veux éviter le regrettable, le « *Shit !* J'aurais pas dû. »

Et il y a Bobby dans l'équation...

S'il était dans ma van, je ne me poserais même pas la question...

Je foncerais. Je m'essayerais.

⋮

La voiture de June me colle au cul.

Elle a pris Bobby en otage.

C'est quoi tous ces jeux stupides ?

Elle nous rapproche, puis nous éloigne.

⋮

S'il n'y avait que ça... Seule dans ma camionnette, mon hypersensibilité s'éveille. Je sens que Rod est pris au piège à Rayon-de-Lune. Bloqué par une brutale révélation sur lui-même.

⋮

Klaxon !
Il se passe quelque chose dans la voiture de June.
Je le vois dans le rétroviseur.
La voiture s'immobilise sur l'accotement.
June en sort et me fait de grands signes.
Ah ! Ils ont une crevaison.
J'arrête ou je...
Fuck !
Ça serait le moment ou jamais.

Je ralentis, mais je roule encore.
Je finis par m'arrêter à une certaine distance.
J'y retourne ou non ?

Dans le miroir, je vois June et Bobby, calmes et immobiles sur le bord de la route, qui regardent dans ma direction. Leur seule présence est une imploration muette à ne pas les abandonner.

⋮

Je reviens vers eux. Bobby sourit :

— Je le savais, moi, que tu reviendrais.

Je lis sur le visage de June qu'elle avait des doutes. L'impression qu'on m'a fait passer un test... de loyauté.

Nous restons là, quelques moments, en silence.

Puis Will émerge de derrière la voiture.

— OK. C'est réparé. On peut repartir.

Il met le pneu crevé dans le coffre. Bobby regarde June, qui lui fait un signe de tête affirmatif. Il saute de joie, s'élance vers ma camionnette. Je retrouve mon copilote.

⋮

June sait que je veux arriver le plus vite possible. Nous n'arrêtons pratiquement plus. Nous avons passé la frontière canadienne il y a deux heures.

À la dernière halte, nous avons enfilé des vêtements plus chauds. Bobby porte un petit anorak qui lui va très bien et qui fait ressortir encore plus ses magnifiques yeux, noirs comme des lacs impénétrables.

Il parle beaucoup maintenant, un vrai moulin à paroles et à histoires. C'est un autre jeu pour lui, d'improvisation. Je ne sais pas s'il me raconte sa vraie histoire ou s'il invente des anecdotes au fur et à mesure, mettant en scène des gens qu'il connaît. Je fais tout mon possible pour obtenir des précisions, car ses récits sont si étonnants, si invraisemblables. Mais il ignore mes questions et ne s'interrompt pas :

— Tu sais, ma vraie famille était très riche.

— Ta vraie famille ? Qu'est-ce que tu veux dire ?

— Un jour, je suis disparu mystérieusement...

— Comment ?

— ... et toute la presse a parlé de ma disparition. On m'a cherché pendant huit mois...

— Mais où tu étais ?

— ... J'ai rencontré Will le soir de ma disparition. Il a pris soin de moi. J'ai fini par croire qu'il était mon père...

— Ta vraie famille vivait où ?

— ... un jour, la police a arrêté Will. Ils ont voulu me ramener chez moi. Mais ce n'était plus chez moi, c'était un autre monde, tout avait changé...

— Arrête, Bobby ! Je ne comprends rien à ce que tu...

— ... c'est June qui m'a fait comprendre que je ne pouvais plus retourner là-bas.

— Retourner où ?

— ... June disait que je ne pouvais plus rester, parce que...

Il devient très triste quand il ajoute :

— ... ils m'avaient remplacé...

— Ta famille ?

— ... June a décidé de me prendre avec elle. En attendant.

— En attendant quoi ?

Il se tait brusquement. Il me jette un regard rapide, qui se perd ensuite dans le décor devenu blanc autour de nous. Soudain très calme, il murmure :

— J'ai hâte d'arriver à Rayon-de-Lune.

— Moi aussi.

— On va pouvoir dormir quelque part ? Je ne veux pas dormir dans ta camionnette, il va faire trop froid. Je n'aime pas avoir froid.

— T'en fais pas. Il y a un motel là-bas. Un motel bien mieux que celui où on était avant.

Il est satisfait :

— Ah, tant mieux. Tout va bien.

Encore !

Je déteste toujours autant quand il dit « Tout va bien » sur ce ton.

Je vois un panneau qui indique :

Wawa	32
Rayon-de-Lune	474

J'appuie sur l'accélérateur.

Rayon-de-Lune – 15

La voiture de Rod brille au soleil dans la neige. Il en fait le tour.

Mimi lui montre qu'elle est en parfait état, comme avant l'accident.

Rod ouvre la portière du conducteur, s'installe derrière le volant.

Mimi cogne à la porte du passager. Il lui ouvre.

Elle prend place à côté de lui :

— On serait bien, non ?

Rod prend une grande inspiration, exhale bruyamment. Mimi continue :

— On serait deux.

Honteux, Rod lui jette un regard en biais :

— Pas aujourd'hui. Je ne suis pas prêt.

Elle comprend :

— OK. On ressayera demain.

— Ça va venir, il faut seulement...

Dans le rétroviseur, il voit une camionnette qui tourne dans le stationnement :

— Elle est vraie ou fausse ?

Intriguée, Mimi regarde et reconnaît la conductrice de la camionnette :

— Elle est revenue.

— Qui ?

Sans lui répondre, Mimi sort de la voiture et se dirige vers le motel.

Incertain, Rod la suit.

Récit d'Anaïs - 12

— Bobby! On est arrivés. C'est ici! Le motel Rayon-de-Lune...

Mon copilote s'est endormi et ne bronche pas. Je gare la camionnette et en descends. Je laisse Bobby dormir.

Il y a une voiture devant l'entrée. Je la touche des mains et je sens qu'on vient tout juste de la garer, le moteur est encore chaud. Je ne sais pas si je trouverai Rod ici. Mais c'est un bon point de départ.

Le motel n'a pas changé depuis la dernière fois. Je me demande si c'est encore la même propriétaire qui est là. Elle était bien sympathique... Quand je l'avais rencontrée, elle était assise sur le sofa à l'entrée et mettait du vernis sur ses ongles d'orteils. J'étais venue lui demander mon chemin.

Finalement, j'étais restée une bonne demi-heure, sûrement, à jaser avec elle, à l'écouter jouer sa guitare à quatre cordes. Elle m'avait raconté qu'elle était toute seule à gérer de grosses difficultés financières, car son mari venait de la quitter. C'est très loin tout ça dans mon souvenir, mais je me souviens parfaitement du motel. Il n'a rien de particulier pourtant. Des motels du genre, j'en ai visité plusieurs.

⋮

Je pousse la porte de la réception. Et là, je tombe sur mon ami Rod. Je ne pensais pas le trouver aussi rapidement ! Je le reconnais tout de suite, malgré sa barbe de plusieurs jours qui le change vraiment :

— Rod !

Il semble tellement surpris de me voir qu'il ne me répond pas.

— Voyons ! Tu ne te souviens pas de moi ? Anaïs.

Il acquiesce, bafouille :

— Oui, oui... Je sais. Je te reconnais. Mais... Mais... tu me vois ?

C'est à mon tour d'être prise de court :

— Bien... oui.

Je le regarde des pieds à la tête. Il est affublé de vêtements de travail et transporte plusieurs seaux vides, qu'il dépose d'un air embarrassé, avant de s'exclamer :

— C'est incroyable !

— Quoi donc ?

— Tu me vois ?

— Oui. Et depuis quelques semaines, je te *sens* aussi. Comme si tu m'envoyais des signaux.

— T'es médium ou quoi ?

La propriétaire surgit derrière Rod. D'un geste rapide, elle lui fait signe de se taire. Puis, elle me tend chaleureusement la main :

— Anaïs ?

C'est bien elle, la femme que j'avais rencontrée il y a longtemps :

— Oui. Je... je vous connais... mais pourriez-vous me rappeler votre nom ?

— Mimi.

— Oui, c'est ça, Mimi... Je n'arrivais pas à me rappeler...

Elle n'a pas beaucoup vieilli. En fait, je dirais même qu'elle n'a pas changé du tout. Elle me demande avec curiosité :

— T'es revenue ?

— Oui, je suis de passage. J'étais à la recherche de Rod.

Étonnée, Mimi s'exclame :

— Vous vous connaissez ?

Je vois Mimi lancer un regard inquisiteur à Rod. Je réponds prudemment :

— Ah ! c'est une longue histoire.

Rod semble soulagé que je n'en dise pas plus. Mimi reporte son attention sur moi :

— T'as besoin d'une chambre ?

— Oui. Et pas seulement pour moi. Mes amis aussi.

— Tes amis ? Où sont-ils ?

— Ils étaient là, tout juste derrière moi. Ils doivent être dehors. C'est bizarre d'ailleurs, qu'ils ne soient pas encore rentrés.

Je me retourne pour regarder à l'extérieur dans le stationnement, mais Mimi me prend par le bras et m'entraîne vers la réception :

— Bon, on va s'occuper de ça tout de suite.

Pendant que je remplis ma fiche, Rod se dirige vers les portes vitrées :

— C'est ta camionnette ?

— Oui.

— Pas mal « *Peace & Love* », les couleurs. Ça roule encore, ce vieux tacot ?

J'éclate de rire en ne relevant pas la tête, occupée à inscrire le numéro de ma plaque d'immatriculation sur la fiche :

— Oui ! Elle me lâche jamais, elle est pas tuable !

Rod ne rit pas, il m'observe gravement. Son regard est si lucide qu'il me glace... Très troublant. Mimi me tend une clé :

— Je t'ai donné la 5, au milieu du couloir.

— Mes amis ?

— Laisse. Je m'en occupe.

Rod propose :

— Je vais la mener jusqu'à sa chambre.

Mimi nous fixe d'un air sombre. Je me dis qu'elle n'est pas très heureuse que je sois là. Je tente de la prévenir, au sujet de Bobby :

— Il y a un jeune garçon qui est... spécial... Il faut...

Mimi me rassure :

— Ça va aller.

Rod m'entraîne vers ma chambre :

— T'en fais pas. Mimi va bien s'en occuper.

Rayon-de-Lune – 16

June attend à l'extérieur du motel, près de l'entrée.
Mimi est si surprise de la voir qu'elle s'exclame :

— June... ? T'es vraiment venue jusqu'ici ? Es-tu... venue me trouver ?

— En fait, non... Simple coïncidence.

— Honnêtement, je ne pensais jamais, jamais, te revoir !

Après un moment passé à examiner le motel, June lui demande :

— C'est donc ici l'endroit dont tu m'avais parlé ?

Mimi acquiesce :

— J'ai suivi tes conseils. T'avais raison. Je suis mieux ici qu'ailleurs. Ou, plutôt, j'étais... Car, je vais peut-être...

June l'interrompt vivement :

— Non ! Tu ne penses pas repartir ?

Devant le ton dubitatif et inquiet de June, Mimi se fait rassurante :

— Ce ne sera pas comme la dernière fois.

Mais June, peu convaincue, secoue la tête. Mimi l'invite à l'intérieur :

— Entre ! Je vais tout te raconter.

— Non. J'ai... En fait, je suis un peu pressée de repartir. J'ai simplement accompagné quelqu'un.

— Anaïs ?...

— Oui et non. Il y a aussi un jeune garçon qui...

— Oui, elle m'en a parlé...

À ce moment, Bobby, qui vient de se réveiller, sort de la camionnette :

— Où est Anaïs ? Je veux la voir.

June secoue la tête :

— Pas tout de suite, Bobby. Il faut lui laisser un peu de temps.

Mimi demande à June, en pointant Bobby :

— Il est comme toi ?

— Non. Plutôt comme Anaïs.

Agacé qu'elles parlent de lui comme s'il n'était pas là, Bobby insiste :

— Je veux voir Anaïs.

June répète doucement :

— Pas tout de suite.

Mimi le questionne :

— Tu me vois, Bobby ?

— Oui. T'es qui, toi ?

— Je m'appelle Mimi. C'est mon motel ici.

Bobby regarde le bâtiment vieillot, mais relativement bien entretenu, et dit à June :

— C'est mieux que l'autre place. Je pourrais vivre ici.

June lui sourit avec beaucoup d'affection. Mimi demande à Bobby :

— Est-ce que tu sais que tu es...

June l'interrompt avant qu'elle puisse finir sa question :

— Oui. Lui, il le sait. Il pourra nous aider avec Anaïs.

Bobby s'inquiète :

— Anaïs ne va pas bien ?

Pour toute réponse, Mimi lui tend la main :

— Veux-tu manger quelque chose ? Une crème glacée ?

— Non, j'ai trop froid.

— Boire un chocolat chaud d'abord ?

— OK.

Il prend la main tendue de Mimi et les deux entrent ensemble dans le motel, disparaissant aux yeux de June, résignée.

⋮

Profondément lasse, June prend place dans sa voiture, où Will l'attend. Il lui demande :

— Et puis ?

— Il reste juste à attendre.

— Tu penses que ça va marcher ?

Trop triste, elle est incapable de lui répondre. Will compatit :

— Ça fait mal ?

— Oui... !

June éclate en sanglots.

Récit d'Anaïs - 13

J'ouvre la porte de ma chambre, mais je reste dans l'embrasure.

— T'es où ? Dans quelle chambre ?

— La 9.

— On pourra se voir plus tard ?

— Bien sûr !

— Tant mieux... Ta réaction me soulage.

— Pourquoi ?

— J'avais peur que tu m'en veuilles. J'avais été assez dure avec toi la dernière fois qu'on s'est vus.

— Oui, je t'en ai voulu. Mais bon, après coup... J'ai bien été obligé d'admettre que tu n'avais pas tort.

Puis il hausse les épaules et ajoute :

— C'est si loin tout ça maintenant, et ça n'a plus d'importance.

— Oui, c'est vrai, mais c'est important pour moi ! Je veux que tu comprennes pourquoi...

Il l'interrompt avec une grande lucidité :

— Je l'ai compris. Ces derniers temps, surtout... Tu avais raison de dire que je n'étais qu'un chanteur d'opéra. Que c'était la seule chose qui me définissait et que j'étais incapable d'avoir de vraies relations. Depuis que je suis ici, je travaille sur moi. J'essaie de devenir quelqu'un d'entier, avec une vie à l'extérieur de ma profession. De creuser qui je peux être sans cela. Ça me fait peur parfois... Non, souvent !... Mais je ne lâche pas.

Il semble vouloir ajouter quelque chose, mais je sens qu'il se retient. Je le regarde bien comme il faut :

— En tout cas, en apparence, t'as bien changé ! Ta barbe, elle est vraie ? Toi qui ne voulais jamais te laisser pousser la barbe, qui en portais des fausses pour jouer tes rôles !

Il rit :

— Eh, bien ! Tu vois, j'ai complètement changé ! Aujourd'hui, je ne joue plus de rôles et j'ai laissé pousser ma barbe !

Sans lui dire, je trouve que ça lui va bien. Il semble si serein ; il a perdu son attitude hautaine de jadis. Je reprends :

— Je suis si soulagée de t'avoir trouvé. J'avais notre séparation sur le cœur depuis qu'elle s'était produite. Le plus difficile, c'était d'accepter qu'on ne pourrait jamais s'en parler. Oh ! c'était pas constant, et en gros, j'avais fini par passer par-dessus, mais ça surgissait en moi comme un pincement de temps en temps. D'ailleurs, dans les dernières semaines, ce sentiment d'inachevé entre nous m'habitait tout le temps. C'était étrange.

Rod hoche la tête en silence. J'attends qu'il parle à son tour, mais il se contente de poser sur moi un regard plein d'affection.

Après un moment de silence malaisant, je reviens à la charge :

— Pourquoi tu m'as demandé si j'étais médium ?

Plutôt que de me répondre, il désigne l'intérieur de ma chambre d'un geste de la main :

— Tu ne veux pas prendre le temps de t'installer ?

— Pourquoi t'évites la question ?

— On a le temps. Installe-toi, on parlera après. Ça te va ?

— Je dois aussi m'occuper de Bobby.

Il sourcille, contrarié :

— Bobby ? Qui c'est ?

— Oh ! C'est le gamin qui m'accompagne. Il s'est entiché de moi... Et moi, de lui.

Rayon-de-Lune – 17

Bobby regarde dehors par la fenêtre de la cuisine :

— Il y a des alligators par ici ?

Mimi rit :

— Non ! On est ben trop au nord.

Bobby la fixe longuement, comme pour se convaincre de sa sincérité. Elle insiste :

— T'as pas à t'inquiéter.

Il semble un peu rassuré. Le chocolat chaud le réconforte. Mimi le regarde se délecter avec satisfaction. Il lève les yeux vers elle, qui lui sourit avec douceur. Il lui demande :

— Anaïs va bien ?

— Je pense, oui.

— Je suis inquiet pour elle.

Mimi hoche la tête :

— Tu l'aimes beaucoup. Ça paraît.

— Elle m'a pas laissé tomber.

— Elle va peut-être avoir besoin de toi maintenant.

— Je sais.

Il le dit avec une telle certitude! D'un air grave, il ajoute avec maturité:

— Anaïs est très jeune. Bien plus jeune que moi.

Mimi le regarde intensément, puis lui demande:

— Comment ça se fait que t'es ici?

— Anaïs m'a emmené.

— Oui, au motel, mais... Je parlais de... de cette réalité.

Il comprend tout de suite:

— Ah!... J'étais parti camper avec ma famille en Louisiane. J'étais près du feu de camp avec mon père, qui devait veiller sur moi, mais il s'est endormi... Je me suis aventuré près de l'eau. J'ai senti quelque chose qui... m'a happé.

— Un alligator?

Il lui fait signe que oui:

— Je suis tombé dans un grand trou noir. J'ai jamais pu revenir dans ma famille. Ils m'ont cherché partout. Ils m'ont jamais trouvé. J'étais trop bien caché.

— Tu as rencontré June quand?

— Longtemps après. Elle m'a aidée... à comprendre. À sortir du trou noir. J'y étais resté longtemps, longtemps.

Il fixe devant lui:

— Will ressemble à mon père.

— C'est qui, Will ?

— L'homme avec June. Je ne l'aime pas. Il m'a abandonné, lui aussi.

— Comme ton père ? Celui qui t'a laissé t'aventurer vers le lac ?

Bobby regarde Mimi avec colère :

— Il a toujours voulu se débarrasser de moi.

— Ton père ou Will ?

Bobby la dévisage froidement :

— Je veux Anaïs.

— Bientôt. Sois patient, OK ?

⋮

Anaïs ouvre la fenêtre de sa chambre, l'air dégoûtée :

— Ouf, ça sent la fumée, ici !

Rod lève les yeux au ciel :

— Oui, malheureusement.

— Les gens ont fumé pendant longtemps.

— Ce n'est pas à cause de la cigarette.

— Non ?

Rod secoue la tête sans rien ajouter. Anaïs change de sujet :

— Raconte. Qu'est-ce qui t'est arrivé depuis notre dernière rencontre ?

Hésitant, Rod reste silencieux un moment. Il ignore toujours dans quelle dimension se situe Anaïs et ce qu'elle peut comprendre de sa situation. Aussi, il choisit d'y aller prudemment en lui annonçant LA nouvelle qui aurait dû normalement être la plus importante :

— Il y a deux ans, j'ai eu un diagnostic de cancer de la gorge.

Anaïs est sidérée et reste sans voix. Rod enchaîne :

— Sans m'en rendre compte, c'est là que j'ai commencé mon travail d'introspection. Au début, je pensais seulement à combattre la maladie, à retrouver la santé, puis reprendre ma carrière... Tu me connais quand il s'agit de sauver ma carrière ! J'ai combattu. Je suis entré en rémission. Mais la radiothérapie avait endommagé mes cordes vocales. Le médecin m'avait prévenu que je ne pourrais plus jamais chanter professionnellement.

— Entêté comme tu l'es, tu n'as pas dû accepter ce pronostic !

— Que non ! Tout le monde dans le milieu de l'opéra avait des doutes sur ma capacité à faire un retour. Moi, compris ! J'ai décidé de faire un voyage pour faire le vide et repartir sur de nouvelles bases.

Il marque une pause avant d'ajouter :

— Puis j'ai eu un accident de voiture.

— Grave ?

Il la regarde longuement avant de répondre. Puis, il secoue la tête :

— Non. Mais j'ai décidé de m'arrêter ici pour un moment.

Anaïs fronce les sourcils. Pourquoi est-il si avare de détails ? Avant qu'elle puisse lui demander d'autres précisions, quelqu'un cogne doucement à la porte. Elle ouvre. C'est Bobby, qui lui saute aussitôt dans les bras :
— Anaïs ! Tu vas bien ? J'étais inquiet.
Anaïs fait signe que oui, puis se tourne vers Rod :
— Rod, je te présente Bobby.
Le gamin fixe le barbu avec appréhension, en lui faisant juste un petit signe de tête. Bobby se colle contre Anaïs :
— Mimi fait dire que le souper est prêt.

Récit d'Anaïs – 14

La table est bien dressée. Les couverts soigneusement placés. Quatre couverts.

— June ? Will ? Ils ne sont pas là ?

— Partis au village.

— Ah ? Ils auraient pu me le dire.

— T'étais occupée. Et puis, y avaient l'air de vouloir passer du temps ensemble, juste les deux.

— Ah, OK.

Je n'insiste pas. Je me sens soudainement très fatiguée. Je suis contente d'avoir un lit, une chambre ce soir. Je ne sais pas combien ça va me coûter. Je proposerai à Mimi de nettoyer les chambres pour payer ma facture.

Je n'ai pas faim. Mimi insiste :

— Allez, mangez ! Faites-nous plaisir. On a travaillé fort pour tout préparer, Bobby pis moi.

Je souris à Bobby, qui semble fier et heureux d'être là.

Je prends quelques aliments, un peu de vin. Autour de la table, le silence est lourd.

Rod finit par le rompre en demandant :

— Comment vous vous êtes connues toutes les deux ?

Mimi répond vite :

— On s'est rencontrées deux fois.

Sa réponse me prend par surprise :

— Deux ? Mais non ! Seulement une !

Mimi est catégorique :

— Deux fois, j'en suis certaine. La première, y a presque quarante ans, puis une autre fois, y a quinze ans.

Rod ouvre de grands yeux et répète d'un air grave :

— Il y a quinze ans ! Donc... OK.

— OK, quoi ?

Personne ne répond. Je m'entête :

— Ce n'était pas il y a quinze ans. C'était il y a quarante ans. Une de mes premières tournées. On n'avait pas de GPS. On était perdus. On s'était arrêtés pour demander notre chemin. Mimi, tu étais sur le divan à l'entrée, tu mettais du vernis sur tes ongles d'orteils. Tu étais un peu embarrassée, mais tu nous avais expliqué que tu faisais comme chez vous parce que tu n'avais pas de clients et que tu ne t'attendais pas à en avoir. On avait blagué que ce n'était pas grave. Tu te souviens ?

— Parfaitement, mais... il y a eu la deuxième fois.

Je ferme les yeux pour essayer de raviver ce souvenir manquant.

Mimi poursuit son récit.

Je fige lorsque je découvre qu'il est si semblable à l'histoire que j'essaie de raconter depuis longtemps :

— La deuxième fois que t'es passée par ici... T'étais en voyage, vous étiez plusieurs dans une camionnette. T'avais la grippe pis gros de fièvre. T'avais juché un petit matelas sur une caisse d'éclairage, puis tu t'étais étendue pour dormir un peu. Dans ton petit nid confortable... C'était pas trop sécuritaire. Puis le conducteur a perdu le contrôle dans la courbe... Les autres s'en sont tirés. Mais pas toi.

Le trou dans mon histoire.

Je ne l'imaginais pas du tout comme ça.

Le silence tombe après le récit de Mimi.

Rod et Bobby n'osent pas me regarder.

Je ne sais pas ce qui me bouleverse le plus : de recevoir de la bouche de Mimi une tournure possible pour le moment manquant à mon histoire... ou l'idée que je puisse être morte sans le savoir.

Je ne vais pas me laisser faire sans combattre :

— Il n'y a pas eu d'accident ! Je me suis réveillée chez moi le lendemain !

Mimi ne s'en laisse pas imposer et reprend calmement :

— T'as passé pas mal de temps au motel après l'accident.

Je cherche des appuis autour de la table. Mais je n'en trouve pas. Rod et Bobby gardent les yeux baissés.

J'avale lentement une gorgée de vin. De désespoir, j'essaie de faire surgir les images de ce voyage, mon dernier, semble-t-il !

Je me revois étendue sur la caisse d'éclairage dans la camionnette...

À voix haute, je raconte, plus pour moi que pour les autres :

— Je me souviens que je n'étais pas bien. J'étais malade. Je m'endormais et me réveillais au fil des cahots sur la route. Je me sentais comme dans un cocon, emmitouflée sous les couvertures... Avec la fièvre aussi... Quand j'ouvrais les yeux, je pouvais voir les étoiles. Ça me rassurait... Quelqu'un dans la van chantait une chanson conne... Les autres riaient... Et puis, et puis après, je... Euh... J'étais couchée quelque part.

— Sur l'asphalte. Morte.

— Non !

Mimi riposte avec fermeté :

— J'ai tout vu ! Je t'ai vue passer par la fenêtre de la camionnette quand l'accident est arrivé. Les autres étaient un peu amochés, mais toi, c'était fini.

Tout ça n'a aucun sens. Je recommence à voix haute le récit de mes souvenirs, dans l'espoir que la brume se dissipe dans ma tête :

— J'avais de la fièvre. Quelqu'un m'a recouverte d'une couverture des pieds à la tête. J'étais contente. J'avais froid.

— Oui, les ambulanciers ont mis une couverture sur toi. Je l'ai soulevée pis t'as ouvert les yeux. Tu m'as reconnue. Tu m'as demandé ton chemin, comme la première fois. Je t'ai emmenée au motel. Tu grelottais.

— Oui... ça s'peut... mais il me semble que mes amis... sont entrés avec moi...

— Non, Anaïs... On était seules dans le motel. Quinze ans passés, le motel avait déjà brûlé depuis longtemps. Les vivants ne peuvent pas le voir ou y entrer.

Je fronce les sourcils. Mimi poursuit :

— Quand on était dans le motel ensemble, on a regardé tes amis dehors qui parlaient à la police... devant une civière.

Je résiste. Pour moi, c'est une question de vie ou de mort :

— Non ! Non ! Je me souviens pas de ça !

Complètement dévastée, je prends ma tête dans mes mains.

Quelqu'un touche doucement mon épaule. C'est Bobby, pour me faire un câlin.

— C'est correct, Anaïs. C'est correct. Moi, je me souviens comment je suis mort.

Sidérée, je relève la tête :

— Quoi ? T'es mort ?

— Oui. Un alligator m'a dévoré.

J'ai un sursaut d'horreur.

— Mais c'est correct, Anaïs, c'est correct. C'est fini. J'ai plus mal.

Il ajoute :

— Puis maintenant, tout va bien. Je t'ai trouvée.

Je repousse l'assiette. Mon verre de vin.

— J'ai ben mal à la tête ! Je vais aller me coucher.

Personne ne me retient. Tout le monde semble comprendre.

En marchant vers ma chambre, j'entends Bobby qui murmure :

— Anaïs. Elle a mal.

Je sais qu'il est déjà en train de chercher une manière de me délivrer de ma souffrance.

⋮

Une fois dans ma chambre, je reste collée contre la porte que je viens de refermer. Peu de temps après, j'entends un cognement, puis une voix qui dit tout bas :

196

— Anaïs ! C'est Rod.

J'ouvre :

— Je m'attendais à voir Bobby.

— Il joue au crib avec Mimi.

Je m'efforce de sourire pour cacher ma tristesse. Après un silence pendant lequel ses yeux ont fait le tour de la chambre, Rod constate platement :

— On est loin de Mexico, hein ?

— Ben loin.

— Tu regrettes d'être venue ?

— Non. Je regrette surtout d'apprendre que je suis morte depuis quinze ans. Tout ce temps-là, je pensais que je faisais quelque chose d'utile. De concrètement utile.

— Qu'est-ce que tu faisais ?... Que tu fais ?...

— J'écris. J'écris tous les jours de ma... Je sais pas comment l'appeler !

Il acquiesce. Je suis contente de le revoir, de pouvoir compter sur sa présence, car j'ai perdu tous mes repères et cela me donne le vertige. J'ai besoin de quelque chose d'essentiel, mais que je suis incapable de nommer. Rod semble gêné, mal à l'aise, comme s'il ne savait pas comment m'aider. Aussi, il se lève et dit :

— Je te laisse ! Je sais que tu es fatiguée, que tu voulais dormir... Bonne nuit.

Je proteste doucement :

— T'as pas besoin de partir tout de suite.

Mais il insiste :

— On se reparlera demain. Tu as besoin de temps pour toi.

Juste avant qu'il sorte, j'ajoute plus fermement :

— Tu sais, je suis vraiment contente de te revoir.

Il s'arrête. Son regard plonge dans le mien. Nous nous approchons l'un de l'autre. Un court baiser nous surprend, nous laisse mal à l'aise. Puis nous recommençons. Nous reculons. Nous sommes réticents tous les deux. C'est sans doute notre passé qui nous incite à la prudence. On se comprend d'un coup d'œil : nous aurons bien le temps de reprendre contact, de rebâtir les ponts.

Cette fois, il s'en va. Je referme vite la porte et je m'appuie contre elle.

La barbe de Rod a laissé sur ma joue une sensation de picotement. Je reprends mon souffle. Calme mon cœur, qui bat la chamade. Je suis bouleversée. Je me sens si vivante, comment tout cela est-il possible ?

⋮

Avec la fenêtre ouverte, l'odeur de fumée s'est dissipée, mais il fait très froid dans la chambre. Je grelotte comme si j'avais de la fièvre. Je ferme la fenêtre et je m'endors après m'être enfouie sous les couvertures.

⋮

J'ouvre les yeux. Il est 12 h 34. Bizarre. J'avais l'impression qu'il était beaucoup plus tard.

J'allume la lampe sur la table de chevet et sursaute. Bobby, assis sur l'autre lit, me regardait dormir. Je lui demande :

— Qu'est-ce que tu fais là ?

— Mimi m'a laissé entrer.

— Couche-toi.

— Je veux pas dormir.

— J'ai pas envie de jouer ou de parler cette nuit, Bobby.

— Je sais. T'as vieilli d'un coup ce soir. T'es malade ?

— Juste un peu de fièvre.

— Je vais m'occuper de toi. T'en fais pas, Anaïs. Tout va bien.

— Ne dis pas ça. Ne dis plus ça.

— Pourquoi ?

— C'est ta manière de le dire. Ça me glace le sang chaque fois.

Bobby saute en bas du lit. Il tire les rideaux et regarde le paysage lunaire de l'hiver :

— Ton sang qui se glace... C'est impossible. Tu es morte, Anaïs. Nous en avons parlé, Mimi et moi. Tu erres sans arrêt parce que tu oublies toujours que tu es morte. Tu flottes entre deux mondes tout le temps. Tu résistes.

— Et tu voudrais que j'accepte ma mort ? Qu'est-ce

qui va m'arriver si je l'accepte ?

— Reste avec moi. Ici. Dans le motel.

Je ne réponds pas. Il referme les rideaux et s'étend sur le lit à côté. Après une seconde, il brise le silence :

— Mimi aimerait que...

Il s'interrompt comme s'il regrettait d'avoir parlé. Mais trop tard, il a piqué ma curiosité.

— Elle aimerait quoi ?

— Je t'en parlerai demain.

— Non, maintenant.

Il éteint la lampe :

— Demain.

⋮

Je reste étendue, les yeux grands ouverts. Est-ce que j'ai vraiment passé beaucoup de temps dans ce motel il y a quinze ans ? Pourquoi je ne m'en souviens plus ? Est-ce vrai que je circule dans deux réalités ? Est-ce possible de résister à sa propre mort ? Ou suis-je simplement dans le déni ? Dans un déni sain et inévitable pour me permettre de poursuivre mon chemin ? Car je serais peut-être restée à ne rien faire si j'avais reconnu que... si j'avais admis que... ma vie était finie. Et June ? Elle habite quelle dimension, elle ?

Bobby dort. Sauf en quelques occasions dans la camionnette pendant le voyage, je crois que c'est la première fois que je le vois dormir dans un lit. Serait-il enfin en paix, ce gamin ?

⋮

Par la fenêtre, je contemple la pleine lune qui se donne en spectacle au-dessus de la forêt.

Elle reflète une puissante lumière, qui éclaire si bien la nuit qu'elle la rend invitante.

J'enfile des vêtements chauds et des bottes, et je sors par la porte de la chambre qui donne sur le stationnement. Je marche jusque devant le motel.

J'entends bramer dans le bois en face. Un orignal en sort et marche majestueusement vers moi. Il n'a rien de menaçant. Je n'ai pas peur et le laisse venir. Quand il est tout près, il s'arrête devant moi. À la lumière de la lune, je vois du sang coagulé sur sa tête. Une voix s'élève derrière moi :

— Donne-lui ça.

C'est Mimi, qui me tend une pomme. Je la place dans ma paume ouverte et l'animal vient manger dans ma main.

— Y a pas peur de toi. Rod peut pas l'approcher.

Je désigne l'animal d'un signe de tête :

— Il circule dans quelle réalité, lui ?

— La nôtre.

J'échappe un petit rire en frissonnant.

— La nôtre !

— Il revient toutes les nuits pour que je le nourrisse.

— Bel animal. Il sait qu'il est mort, lui ?

— Je l'sais pas... Peut-être. Ce qui est important, c'est qu'il te fasse confiance.

— Pourquoi c'est important ?

Après une pause, elle lâche avec force :

— Écoute, Anaïs... il faut que je parte d'ici !

— ...

— Je suis pas partie depuis longtemps. En fait, je suis partie rien qu'une fois en quarante ans, sur un coup de tête, à la poursuite d'un client du motel que je trouvais vraiment de mon goût... Mais disons que mon escapade s'était pas bien passée. Mais cette fois-ci, c'est différent. Je partirais pas toute seule. Je partirais avec... Rod.

Je ne sais pas ce que ça me fait. Je ravale ma salive, puis lui demande innocemment, d'une petite voix :

— Avec Rod ?

— C'est lui qui m'a fait comprendre que... Mais le plus drôle dans tout ça, ou le plus triste, c'est que c'est lui qui veut plus partir !

— Il y a quelque chose entre vous ?

— Je voulais te poser la même question.

Je ne sais pas trop quoi lui répondre :

— Oui. Non ! Y a encore une attirance, mais... ce serait un peu long à expliquer. Je ne sais pas si on est à la même place en ce moment.

Je peux voir le sourire de Mimi dans le clair de lune. Cette réponse semble tant lui plaire que ça me trouble.

L'orignal brame. Mimi sort une autre pomme de sa poche et me la tend. La bête mange encore docilement dans ma main.

Quand je me retourne, Mimi n'est plus là. Je la vois assise à l'intérieur du motel, sur le sofa, à l'entrée. Son regard étrange passe à travers moi sans me voir.

L'orignal pose lourdement la tête sur mon épaule. Je le sens si vivant. Avec un peu de neige, je tente de nettoyer le sang coagulé sur sa bajoue. Rien à faire. Il recule. S'éloigne. À une courte distance, il se retourne et me regarde, brame pour la troisième fois. On dirait un appel à le suivre. Il repart en longeant la route. Je lui emboîte le pas. Il s'enfonce dans les bois par une piste étroite où je renonce à m'engager.

Juste à côté de la piste, je vois une série de petites croix, du genre que l'on met pour se remémorer les personnes mortes dans les accidents de la route. L'une d'elles est récente : Rod. Certaines sont très défraîchies.

J'en vois une qui me frappe en plein cœur. Un nom y est encore visible : Anaïs.

Rayon-de-Lune – 18

Au matin, June arrive sans Will au motel. Elle n'entre pas. Bobby la voit dehors et va la trouver. Moment de malaise entre les deux.

Le garçon fixe le sol sans rien dire, d'un air buté. June lui demande de la regarder. Contrarié, il sait ce qu'elle va lui dire :

— Tu t'en vas ?

— Oui. Je repars. Mais juste quand Anaïs sera prête.

— Elle est partie, Anaïs.

— Sa camionnette est là.

— Elle est si perdue. Elle ne sait pas, elle ne veut pas savoir qu'elle est morte...

— Ça va venir, Bobby. Donne-lui le temps. Être ici, ça va l'aider. Mimi va la guider.

Bobby lève rapidement la tête.

— Mimi s'en va aussi !

— Mimi ? Non, c'est...

— Elle veut s'en aller !

— ... c'est impossible.

— Elle est en train de se préparer pour son départ. Viens voir.

— Non. Pas maintenant. Je... Je lui parlerai plus tard.

Bobby fait quelques pas, contemple la route, la tête au vent.

— Je vais m'ennuyer de toi, tu sais.

June semble ravie, et un peu étonnée aussi. Elle s'approche de lui. Bobby poursuit :

— T'as toujours pensé que je te haïssais. Mais c'est que tu m'empêchais de...

— Je cherchais la bonne personne... pour toi. Et maintenant, tu as Anaïs. Elle t'aime.

— Elle est malade, Anaïs.

— Elle va guérir.

— Mais si Mimi s'en va... Je serai seul pour prendre soin d'elle.

— Mimi ne partira pas... Pas avant qu'Anaïs soit bien.

— Si elle part... tu pourrais rester, June.

— Non. Je... Je ne peux pas m'installer dans ce motel, moi. Je le vois, mais je sais qu'il n'existe pas. Je le vois comme un mirage superposé sur la réalité.

Bobby jette un regard à la ronde.

— C'est quoi « la » réalité ?

— La réalité, c'est qu'on est sur un terrain vague abandonné. Il reste juste un bout de stationnement asphalté.

Bobby fixe la route.

— Tu dois retrouver Anaïs. Tu dois lui parler.

June frotte doucement la tête de Bobby, puis se met en marche.

⋮

Rod rejoint Mimi à la réception. Il remarque une valise à l'entrée.

— Quelqu'un s'en va ? Quelqu'un arrive ?

— On s'en va.

— Qui « on » ?

— Toi et moi.

Rod ne répond pas.

— Ça serait mieux de partir avant qu'Anaïs revienne.

— Elle est où, Anaïs ?

— Elle est... sortie marcher.

— Je ne peux pas partir sans lui dire au revoir.

Mimi soupire, un peu agacée :

— T'as raison. Mais tu peux quand même préparer tes bagages, en l'attendant.

Rod ne bouge pas :

— Je ne suis pas certain de... vouloir partir.

Mimi se fâche :

— C'est toi qui m'as... Tu m'as encouragée à partir d'ici ! Je pensais que c'est ce que tu voulais, toi aussi, depuis le début !

— Oui, mais...

— T'as peur ! T'es lâche !

— Moi, lâche ? Je ne suis pas mort depuis quarante ans, moi ! Ça vient juste de m'arriver.

Mimi le relance :

— Donne-moi tes clés !

— Pourquoi ?

— Je vais mettre mes bagages dans le coffre.

— Je ne suis pas prêt !

— Moi, oui !

Ils se dévisagent tels deux adversaires avant un duel.

⋮

Bobby surgit à la réception et sent la tension entre les deux. Il a besoin d'aide :

— Je suis inquiet pour Anaïs. June est partie à sa recherche.

Rod profite de cette diversion :

— Tu crois qu'elle est en danger ?

— Elle est si jeune, si fragile... Sa mort va la tuer.

Mimi le rassure d'un sourire :

— Non. Le pire qui puisse lui arriver, c'est qu'elle retombe dans son déni.

— Il faut l'aider. Moi, tout seul, je n'aurai pas la force...

Rod saisit la balle au bond :

— Tu vois bien ! On ne peut pas partir tout de suite !

Mimi, à contrecœur, finit par acquiescer.

Récit d'Anaïs – 15

Après avoir vu la croix portant mon nom, j'étais retournée à ma camionnette chercher la boîte en carton contenant tous les carnets que j'avais utilisés depuis quinze ans.

Je les regardais en ne sachant plus que penser.

S'ils ont tous été écrits après ma mort, ces textes existent-ils vraiment ?
Peuvent-ils exister s'ils ne sont pas partagés ?
C'est comme l'arbre qui tombe dans la forêt : fait-il un son s'il n'y a personne pour l'entendre ?

J'en peux plus de tous ces doutes, de toutes ces questions.
Je n'y crois plus, à toutes ces histoires.

Je place la boîte des carnets à côté de la croix qui porte mon nom.

Je craque une allumette et la fous dans la boîte.

⋮

June vient me trouver alors que je suis agenouillée en pleurs devant la petite croix qui porte mon nom. Je lève vers elle des yeux remplis de larmes :

— Qu'est-ce qui m'arrive, June ?

Elle remarque les restes fumants de la boîte des carnets :

— Qu'est-ce que tu as brûlé ?

— Toutes les histoires que j'ai écrites depuis le début de mon voyage. Surtout celle qui avait un trou. Il a été rempli par Mimi, le trou, mais pas comme je l'imaginais...

Elle ne me répond rien et son silence est éloquent...

— Et toi, June ? T'es morte ?

— Non.

— Comment tu peux me voir, alors, me parler ?

— Je suis médium.

— T'es une policière, aussi ?

— Non. C'est toi qui... qui m'as donné ce rôle. C'est toi qui... pourrais m'expliquer pourquoi. Tu avais peut-être besoin d'une excuse pour t'arrêter quand on s'est rencontrées. Peut-être qu'une agente de police, une figure d'autorité, c'est ce qu'il te fallait ?

— Mais je ne voulais pas m'arrêter !

Je fixe June en essayant de me remémorer les circonstances de notre rencontre, mais tout s'embrouille, comme quand une idée surgit puis s'estompe avant que j'aie le temps de la noter.

— Je perds la tête, June ! Comment je vais faire maintenant pour avoir confiance en ce qui m'arrive, ce que je vois ? Distinguer le vrai du faux ?

— Tu mélanges tout, je crois, Anaïs. Une réalité est-elle plus vraie qu'une autre ? Tu écris, et des univers parallèles, n'est-ce pas ce que tu cherches tout le temps ?

June doit sentir que ses paroles trouvent un écho en moi, car elle s'enhardit :

— Explore cette dimension autant que tu le peux. Va et viens comme tu le faisais avant. Étais-tu malheureuse dans ta réalité avant de savoir qu'elle n'était pas ce que tu croyais ?

Je ne trouve rien à répondre à cela pour l'instant. June me donne bien de la matière à méditer. Ses propos m'apaisent.

Devant la croix qui porte mon nom, je ne ressens plus seulement la finalité.

Ne serait-elle, au bout du compte, qu'un jalon, une étape ?

：

June s'agite. Elle marche de long en large, puis, après un silence, elle se décide :

— Il faut que je te parle de Bobby. De Will aussi.

À voir son air sérieux, je me redresse :

— Ça l'air grave, June.

— Non, c'est juste que... Il faut que tu comprennes bien. Bobby est spécial. Et il est mort... depuis *si* longtemps.

— Combien de temps ?

— Un siècle.

— Quoi ?

— Oui. Depuis, il cherche son père... Il est tombé sur Will, qui avait le même prénom que son vrai père. Et une certaine ressemblance aussi.

— Il l'a choisi ? Will est mort aussi ?

— Non... Bobby s'est mis à le hanter. Sans arrêt. Partout. Will ne parvenait pas à lui échapper. Un jour, désespéré, il m'a téléphoné pour avoir de l'aide. Je suis une médium assez connue et Will avait entendu parler de moi. On lui avait dit que je savais « rediriger » les esprits perdus. Quand on s'est rencontrés, j'ai trouvé Will dans un état lamentable. Il ne s'occupait plus de sa personne. C'est à peine s'il se nourrissait. Il ne se lavait plus... J'ai alors rencontré la cause de tous ses ennuis : Bobby. C'était un esprit qui pouvait devenir malin quand il se sentait délaissé. Avec le temps, j'ai réussi à l'amadouer, à lui faire comprendre que Will n'était pas responsable de sa mort et de son mal-être... Mais parfois, Bobby oubliait, et tout était à recommencer...

Je me remémore le moment dans le corridor du motel, quand Will m'avait semblé si ridicule, terrifié par le gamin... Tout s'explique.

June poursuit :

— J'ai compris que Bobby ne serait bien qu'avec une âme errante comme lui, en qui il aurait confiance. Puis, t'es arrivée. Tu t'es arrêtée au motel. Bobby s'est attaché à toi tout de suite. On a vu une lueur d'espoir, Will et moi. Bobby semblait enfin lâcher Will. Tu semblais l'aimer. Tu étais peut-être la bonne personne, mais il fallait nous en assurer. On a voulu t'éloigner, tu nous as écoutés... puis, tu es revenue. À ton retour, quand Bobby a sauté dans tes bras... j'ai su que ça allait marcher...

— Et la crevaison en montant dans le Nord... ?

— Il fallait que je sois absolument certaine que tu n'abandonnerais jamais Bobby...

— Pourquoi ?

Elle baisse les yeux :

— On repart, Will et moi.

— Loin ?

— Pour le Sud.

Je l'implore :

— Non ! Reste encore un peu.

— Tu es bien, Anaïs. Tu as toujours été bien toute seule... avant qu'on se rencontre.

— Avant, oui, justement. Mais tout est différent maintenant.

Will arrive vers nous. Son apparence a complètement changé. Il est rasé de frais, semble bien reposé et porte des vêtements propres. Il demande à June :

— *You ready to go ?*

— Bientôt. Will, Anaïs est là. Près de la croix.

Il promène son regard autour et, de toute évidence, il ne me voit pas. Quand il parle, il s'adresse à la croix où est inscrit mon nom comme s'il se trouvait au cimetière.

— Anaïs ? Vous êtes toujours là ?

June lui fait signe que oui. Will affirme alors d'un ton sincère :

— Je voulais seulement vous remercier.

Pour la première fois, je ne remarque pas son odeur.

Il s'en va après avoir fait comprendre d'un signe à June qu'elle devait faire ses adieux. Celle-ci se tourne alors vers moi et me dit d'un air résigné :

— Alors, voilà. C'est la fin de cette route.

Je lui fais oui de la tête faiblement. Son regard me transperce comme lors de notre première rencontre.

— June ?... Si jamais j'ai besoin de toi... Si je t'appelle, m'entendras-tu ? Reviendras-tu ?

Elle remet ses verres fumés, puis repars avec son sourire énigmatique.

Une vague de tristesse m'envahit. Je lui murmure :
« Adieu, Mona ».

⋮

Je remarque la valise à la porte de la réception. Rod
est assis sur le sofa à l'entrée. Je panique un peu :

— Tu t'en vas toi aussi ?

Il secoue négativement la tête. Il balbutie des phrases
incohérentes qui semblent se bousculer dans sa tête :

— Je... Les seaux sont... On n'a plus besoin de les
vider.

— Mais qu'est-ce que tu racontes ?

Je m'assois près de lui. Il tente de m'expliquer :

— Mimi veut s'en aller. T'imagines ?

— Laissons-la partir.

Rod se lève, anxieux :

— Mais ce n'est pas si simple !

— Rod... Qu'est-ce qu'il y a ?

Il exhale une grosse bouffée d'air, puis revient s'asseoir près de moi :

— Mimi veut que je parte avec elle.

— Ah, oui. Je sais. Elle m'en a parlé.

— Tu vois, je... Avant que t'arrives, c'était... Mais là,
je ne sais plus.

Nous regardons devant en silence. Dehors, la route se fait invitante. Je tourne légèrement la tête vers lui :

— Tu l'aimes ?

Il hausse les épaules. J'insiste :

— Pourquoi tu as peur de partir avec elle ? D'être avec elle ?

— Je... Elle m'agace, elle me séduit, je la trouve laide, je la trouve belle, je veux la fuir, je veux la voir, je...

— Y a de quoi à explorer, non ?

Nouveau silence. Il est gêné, tout à coup.

— Et toi ?

— J'ai un fils maintenant. Ou c'est tout comme.

— Bobby ?

— Oui. June me l'a confié.

— Tu te sens capable de t'occuper de lui ?

— Je crois, oui. Et puis c'est donnant-donnant. Il s'occupe autant de moi que moi, de lui.

Rod se lève, mal assuré :

— Ça ne te dérange pas... je veux dire, que je parte avec Mimi... T'es pas jalouse ?

— Non. Mais oui, un petit pincement. Tu sais, si on doit se retrouver, on se retrouvera. Avant, je crois que nous avons encore un bout de chemin à faire chacun de notre côté. C'était déjà bon de se retrouver, de pouvoir s'expliquer.

Il m'embrasse doucement, longuement. Puis, il se lève et se dirige vers sa chambre d'un pas hésitant.

⋮

J'ai joué la brave devant lui, mais dans l'instant qui suit, la grande vague des pertes subites me submerge brutalement : à commencer par « ma vie », puis June, et maintenant Rod.

Je ferme les yeux, et respire profondément pour retrouver mon calme.

Quand je les ouvre, Bobby est à côté de moi et se fait réconfortant :

— Anaïs, tu vas voir. Tout ira bien.

⋮

Dans le stationnement, Bobby et moi regardons Mimi et Rod remplir le coffre de la voiture. Ils sont fébriles à l'idée d'affronter l'inconnu. Je m'efforce de les rassurer.

Mimi m'implore de bien m'occuper du motel.

Rod m'embrasse maladroitement sur chaque joue sous l'œil intéressé et inquiet de Mimi.

Puis, Mimi et Rod prennent place dans la voiture qui démarre.

Bobby prend ma main.

Un dernier salut... puis le véhicule disparaît dans la brume glaciale.

Comme lors de notre première rencontre, Bobby me demande :

— T'es triste ?

— Non.

Mensonge pieux. Je lui souris doucement. Je sais qu'il n'est pas dupe.

Il poursuit avec curiosité et envie :

— Anaïs ? Tu me laisserais lire les histoires dans tes carnets ?

— Ces histoires n'existent plus, Bobby.

— Comment ?

— Je ne pouvais pas les garder. Je les ai brûlées.

Scandalisé, il ouvre de grands yeux, mais se ressaisit vite et se fait rassurant :

— Tu en écriras plein d'autres, Anaïs. Un nouveau départ. Raconter ce que nous allons faire ici. Ou ce que tu veux !

Je contemple longuement le stationnement vide. Je lui réponds par un petit signe de tête affirmatif.

Nous poussons les portes vitrées et entrons dans le motel. Bobby fait déjà des plans.

— Tu vas voir, Anaïs. Ça sera comme dans l'autre place. Mais mieux ! Moi, je vais m'occuper de tout dans le motel et toi, tu pourras écrire tant que tu veux. De temps en temps, on jouera... si t'en as envie... si t'as le temps.

⋮

Plusieurs semaines ont passé.
Je ne sais plus trop combien, en fait. C'est peut-être même des mois maintenant.
Je me sens exactement comme à chaque fois que je passe trop de temps dans un motel. Avec juste l'envie de repartir et de rentrer chez nous. Peu importe où ça se trouve, chez nous.
Et puis, je n'ai pas eu de nouvelles. Ni de Rod, ni de June, ni de Mimi.

Bobby ne vient presque jamais me voir. Il est parfaitement autonome. Il tient sa promesse de ne pas déranger mon travail d'écriture. On se voit quand je le décide. Souvent, je l'entends qui joue des airs de blues à l'harmonica, quelque chose de langoureux et de louisianais, assis sur le tabouret de Mimi à la réception.
Nous commençons à sortir de l'hiver.

⋮

Je suis étendue sur mon lit, les bras croisés sous ma tête. J'ai étalé sur le lit voisin tous mes carnets de notes. Je les contemple tous, l'un après l'autre. Je suis épuisée. Je lève les yeux vers la porte de ma chambre d'où me parvient un air d'harmonica.

Je me laisse imprégner par la mélodie jusqu'à sa fin.

⋮

Quelques instants plus tard, je suis à la réception. Sur le vieux calendrier perpétuel rotatif, je vois que nous sommes le dernier jour du mois d'avril.

Bobby n'est pas derrière le comptoir. C'est son nouveau théâtre. Il joue le gérant dans le bureau, dont la porte est fermée. Mimi serait très fière de son remplaçant. Mais les jeux de Bobby m'agacent depuis quelques jours. Ma vi... Non!... Ma je-ne-sais-plus-quoi ne peut pas se résumer à ça!

Je suis contrainte de taper sur la clochette pour obtenir du service. C'est ridicule.

Bobby apparaît aussitôt :

— Madame ?

— Je suis en train d'imploser !

— Quelque chose avec votre chambre qui ne va pas ?

Je fulmine :

— Arrête, Bobby, OK ? Ça suffit, le petit jeu !

Il a compris. Il retrouve son sérieux. Je lui dis avec force :

— Il faut que je sacre mon camp d'ici !
— Pourquoi ?
Son ton est incisif et marqué par la colère.
Je le dévisage en hésitant une seconde, puis je me
décide. Je le prends par la main et l'entraîne dans ma
chambre.

⋮

Je pointe les carnets étalés sur le lit :
— Regarde !
C'est la première fois que je lui donne accès à mon
espace de création. Il est émerveillé :
— Je lis quoi en premier ?
— Ce que tu veux. Ça n'a pas d'importance.
Après avoir évalué le butin, il choisit un carnet dont la
couverture est une vieille photographie monochrome
d'un tramway. Il l'ouvre avec précaution, comme un
trésor. Tourne la première page. La deuxième. La troi-
sième. Feuillette toutes les pages et constate avec
consternation :
— Il n'y a rien d'écrit.
Je confirme d'un bref signe de tête sans baisser les
yeux. Il prend un autre carnet, puis un autre et un
autre... Il les feuillette tous frénétiquement :
— Tu n'as rien écrit !
— Je suis pas capable.

— Pourquoi ?

— Je peux pas oublier que je suis morte ici. Ça me bloque.

— Moi, j'aime ça ici.

— Ma chambre est une cellule.

— On est bien ici.

— Pas moi. Je capote, Bobby. Je veux pas le savoir que je suis morte. Je veux pas le savoir !

— Si tu écrivais, tu pourrais l'oublier...

— Comment tu te sentirais, toi, si je te ramenais au bord du lac en Louisiane où l'alligator... ?

— Tais-toi, Anaïs !

Un long moment s'écoule pendant lequel nous nous rappelons chacun notre « passage », en nous regardant avec des yeux douloureux. Dans l'un de ces précieux moments où il est plus vieux que moi, Bobby parvient à articuler avec compassion :

— Je comprends comment tu te sens.

— Je m'en vais, Bobby. Et tu viens avec moi.

— Non ! On ne peut pas faire ça à Mimi. Il faut s'occuper du motel. Je reste.

— Bobby ! Personne ne vient jamais dans ce fichu motel ! Ça fait des mois que nous y sommes seuls.

À ce moment même, comme pour me donner tort, une voiture entre brutalement dans le stationnement du motel. Les pneus crissent.

⋮

Nous nous précipitons dehors.

Par un beau vendredi soir de début de printemps...

De jeunes hommes au sang échauffé crient par les vitres baissées de leur voiture.

Une portière de la voiture s'ouvre brusquement. Une jeune femme est jetée dans le terrain vague au bout de l'espace asphalté du stationnement. À moitié nue. Son corps laisse des marques rouges sur le blanc sale de la neige printanière.

La voiture repart bruyamment, aussi rapidement qu'elle est venue.

⋮

La jeune femme, les yeux grands ouverts remplis d'incompréhension, de souffrance et d'effroi, me fixe intensément.

Je recule, horrifiée.

Bobby est complètement tétanisé.

Quelle mort horrible !

J'entre rapidement dans ma chambre, j'y prends une couverture.

J'en recouvre toute la jeune femme, y compris – et surtout – sa tête pour cacher son regard.

Bobby me regarde faire, sans bouger. Je me dirige vers lui rapidement pour le réconforter. Il semble si démuni. Terrifié, il se colle contre moi en ne quittant pas la jeune femme des yeux :

— Qu'est-ce qu'on va faire, Anaïs ?

— Eh bien, je... Il va falloir commencer par lui donner une chambre.

Table des matières

Achevé d'imprimer
en avril 2021 sur les presses
de l'Imprimerie Gauvin, à Gatineau (Québec).

RECYCLÉ
Papier fait à partir
de matériaux recyclés
FSC
www.fsc.org
FSC® C100212

sans explosions cette ville n'existerait pas
. Robert Dickson